摹廬友朋書問

陈直 编

西北大学出版社·西安

图书在版编目(CIP)数据

摹庐友朋书问 / 陈直编. —西安：西北大学出版社，2023.6

ISBN 978-7-5604-5154-1

Ⅰ. ①摹… Ⅱ. ①陈… Ⅲ. ①书信集—中国—当代 Ⅳ. ①I267.5

中国国家版本馆 CIP 数据核字(2023)第 101340 号

摹庐友朋书问

MOLU YOUPENG SHUWEN

编　　者　陈　直

出版发行　西北大学出版社

(西北大学校内　邮编：710069　电话：029-88305287　88303593)

http：//nwupress.nwu.edu.cn　E-mail：xdpress@nwu.edu.cn

经　　销　全国新华书店

印　　装　陕西龙山海天艺术印务有限公司

开　　本　889 毫米×1194 毫米　1/8

印　　张　14.5

版　　次　2023 年 6 月第 1 版

印　　次　2023 年 6 月第 1 次印刷

字　　数　50 千字

书　　号　ISBN 978-7-5604-5154-1

定　　价　198.00 元

序

今年是先师陈直先生逝世四十三周年。

四十三年前的六月二日，在我请教完先生问题，扶着他躺下休息后不久，先生竟溘然长逝。他走得很安详，没有痛苦，没有告别，只是沉沉睡去，再无烦恼。

陈先生的一生，历经坎坷，颇受磨难。即便如此，他一直安之若素，笔耕不已。对他打击最大的是身为西安交大骄子的他的小儿子陈治成，在一次打篮球中受伤，先导致青光眼，终至双目失明，从此为治成余生筹款成为头等大事。在种种打击面前，先生生活清苦，但矢志不渝，坚持走出了属于自己的人生之路，成为中国当代秦汉史研究的一面旗帜。

陈先生著作等身，经他整理修订命名为《摹庐丛著》。其中，《两汉经济史料论丛》（陕西人民出版社，一九五八年出第一版，一九八〇年出修订版）和《汉书新证》（天津人民出版社，一九五九年出第一版，一九八〇年出增订版）两本著作，想他人所未想，发他人所未发，一举奠定了他在学界的标范地位。此外，《三辅黄图校证》（陕西人民出版社，一九八〇年出版）是他生前所见。而《摹庐丛著七种》（齐鲁书社，一九八一年出版）和《居延汉简研究》（天津古籍出版社，一九八六年出版）则是陈先生整理修订完结，生前交由出版社等待出版的。最为特殊的一本书是《文史考古论丛》，该书是陈先生把散见于各种报刊的论文，按文学、史学、考古三大类别编辑而成，本与《居延汉简研究》一并交天津古籍出版社出版，不料由于出版社搬家，不幸遗失。一九八一年三月我从西北大学毕业，获得研究生学位后，留校任教。秦汉史教研室主任林剑鸣教授把《文史考古论丛》的重编任务交给我，于是在他的指导下，按原目录将一篇篇文章从手稿上重新抄出，整理成稿，交天津古籍出版社于一九八八年出版。林剑鸣先生专门写了后记说明缘由。至此，陈先生《摹庐丛著》的出版暂时告一段落。

一九九五年我调任陕西历史博物馆馆长，临行之际，我走访了陈治成夫妇。他们拿出了陈先生生前手写的几个稿本，包括《摹庐诗约》《秦居瓦谈》《摹庐友朋书问》和《镇江陈氏桂八房祖孙墨札》等，想托我卖掉换些费用。为了使陈先生这些来之不易的遗著不致流失，于是按他们的要求转让给我保管。补充完善陈先生《摹庐丛著》，成了我往后二十余年义不容辞的责任。

陈先生在中华人民共和国成立初曾为补贴家用，出让了部分著作。最重要的有两种：《关中秦汉陶录》（含《关中秦汉陶录补编》《云纹瓦图录》）和《摹庐诗稿》。前手稿藏中国社会科学院考古研究所资料室，一直作内部阅览，从未公布。此书稿中外闻名，是秦汉陶文研究不可或缺的宝贵成果。为此，我首先说服天津古籍出版社同意线装影印出版，接着多次赴京，拜访中国社会科学院考古研究所乌恩处长，争取了他的支持，最终获得夏鼐先生首肯，不计报酬，交由我全权负责出版事宜。这部浸润了陈先生多半生心血的大作，附上《摹庐藏瓦》，由天津古籍出版社于一九九四年出版问世。该书随即受到学界和收藏界的一致好评，陈先生也被誉为中国秦汉瓦当陶文研究『第一人』。

无独有偶，二〇〇二年陕西历史博物馆负责联合陕西文博界共同举办中国秦汉史研究会成立二十一周年国际年会，筹备组经协商，一致同意影印出版《摹庐诗约》（三秦出版社，二〇〇二年出版）作为会议礼品。于是陈先生精心选编的个人古体诗集首次面世亮相。这次出版让陈先生久久深藏的文学才干，步入学界视野。

以上两种著作出版，进一步丰富和完善了《摹庐丛著》的内容。

二〇〇五年正值陈先生逝世二十五周年，受陈治成夫妇委托，我与中华书局协商全面系统整理出版《摹庐丛著》事宜。有幸获得时任中华书局总编辑李岩先生和副总编辑徐俊先生的认可，确定王勖女士为责任编辑，正式推动新编『丛著』的出版工作。新《摹庐丛著》在原有基础上作了局部调整和补充：

一、《史记新证》；

二、《汉书新证》（用增订版）；

三、《关中秦汉陶录》（新增补）；

四、《居延汉简研究》；

五、《两汉经济史料论丛》（用修订本）；

六、《文史考古论丛》（作局部调整）；

七、《读子日札》（由周晓陆先生整理）；

八、《读金日札》（同前）；

九、《三辅黄图校证》；

十、《弄瓦翁古籍笺证》（从《文史考古论丛》和《摹庐丛著七种》中抽出古籍笺证类文章合成）；

十一、《摹庐诗稿》（新增补）。

其中，《文史考古论丛》作了较大调整：一、凡已见于他书的论文一律删除；二、凡涉及古籍整理校证的论文另编为《弄瓦翁古籍笺证》，与《三辅黄图校证》合为一册出版；三、《摹庐诗稿》是陈先生转让给北京图书馆的一部诗稿，比《摹庐诗约》多出百余首诗，故取而代之。

新《摹庐丛著》自二〇〇二年起，至今已出十种，即将大功告成。

二〇二二年西北大学决定出版《西北大学名师大家学术文库》，师兄黄留珠编辑整理出版了《陈直著作选》，收入《汉书新证》《史记新证》《两汉经济史料论丛》和《文史考古论丛》四种，为陈先生的学术生涯留下了浓重的一笔！

时至今日，手头上仍有陈先生于一九七三年手编的《摹庐友朋书问》和《镇江陈氏桂八房祖孙墨札》『待字闺中』，颇感无奈。《摹庐友朋书问》收录陈先生定居关中后与时贤交流学术问题的信函，共计三十六函，涉及黄宾虹、郭沫若、翦伯赞、王献唐、于省吾、容庚、郑天挺、罗福颐、大庭脩、林巳奈夫等中外大家，颇有学术价值。而《祖孙墨札》不仅可以了解陈先生的家学渊源，更能了解陈邦怀、陈邦福、陈直（原名陈邦直）三兄弟的古文字学与古器物学的深厚功底和兄弟情谊。如能出版，绝为幸事！事有凑巧，西北大学出版社马来社长携同事来访，既谈《西北大学名师大家学术文库》宣传事宜，又问还有什么可帮的著作出版事宜。《书问》与《祖孙墨札》的出版便提上日程。在常江副校长的大力支持下，影印工作大体完成。对此可谓喜出望外，一块石头终于落了地。我代表陈先生遗属、弟子及我本人，对他们深表谢意！

日月如梭，一晃我将届八十。几十年来，一方面按陈先生要求，从事汉代主要是东汉文献的整理研究，也在此基础上开展了秦汉史、社会史和文物与博物馆学专题研究，给恩师交出一份堪称及格的答卷；另一方面尽自己所能完成对陈先生著作的搜集整理出版工作，大体心想事成，于愿足矣！

任务虽了，使命难结。只有继续学习先师，『鞠躬尽瘁，死而后已』。

是为序。

周天游

二〇二三年五月二十八日于天鹅堡不舍斋

目录

摹庐友朋书问（以年代为序）

镇江陈氏桂八房祖孙墨札（以年代为序）

華廬友朋書問

一九七二年國慶日進翁手簽

小引

予年二十至三十時嗜訓詁金石之學結交老蒼
雅意不貲以書札往來皆納入竹篋中如鄧適
廬徐積餘龔懷希丁仲祜黃濱虹劉翰怡葉遐
庵周夢坡李印泉諸前輩共約三百餘帋尤以
適廬先生論學書畫最夥在抗戰期間避禍赴
閩隴家室流離舊然灰燼奉母偕避秦之後
友朋之書問內中書鈔程技萬池次量瓦作銘張

伯駒十餘家遍搜不可得聊裝成冊以誌鴻爪爾

一九七三年國慶日進宦翁題記

進宧先生著席昨誦
手教并惠佳拓祇領之下感謝莫宣藉諗
履綦集祜著述日富誠欽誠佩陝省瓦
當文字異品時有出土超越川蜀古塼往
有圖畫洵可寶貴聞多秦漢古官印中
作古字白闌者尤奇拓本易索否前此
閻履初來見大宙形印中兼文字頗少見敝篋
淂三代古文兼圖畫有數枚兩面印近有見亙
擬集周秦大篆逮寸計者拓百餘紐以文字未經

前人著錄及攷釋，未叏增以臆説，質諸

大雅。晉豫道途梗塞，齊魯出土無多，近唯

綏遠屬古魏地，西北通道（秦隴常有六國文字

古印，蓋見因地土乾燥，泥少砂多，恒與齊楚坑

口色澤不同），字跡亦異，前人無專集此者。

茲搜羅無慮數百鈕，祈

賜審正，俟竟工，擬裝訂成冊，再奉全帙。承

屬題簽，擬書甞器，不堪入目，倘蒙不棄，亦當謝之，俟

撰安

賓虹拜上

進宣先生撰作由聚賢處轉到　大函敬悉
篤在秦中並讀　大著民族博讚精審歸納留當
已第於廿七年春輯一部份函稿合名入川展轉
地艱難矣今此事處政變不服務到重慶亦
已又在南漢至今矣也現為史館撰周史金石志又在
庚款會撰中國古代貨幣通考未竟青年早通
考大體完成將五十年矣言之年心力盡於是矣入川以

後之地之土古泉一無所示　先生來談告以先睹為
快茲有異品拓本之影我之得收貨郎奉覽茲事
鑄錢之跡少府後屬三官其鑄錢所在據三輔黃圖
之鍾官城在鄠縣東北若然則有五銖錢範出土於二十四年
中央日報所載未央宮南三里許之三橋鎮西二里許出鐵
質五銖錢範並有錢範未之知其地為鍾官城故址有無
閱涉即西安之五銖錢範當出何處地近年出土有之年号

在皇帝以前者否乎

弟于去冬聞有友人丁希農君在黃河水利委員會服務，藏傳見頌鼎錄，僅千字一節談
平對泉范與土地點畫頗知之，至西周尚希農近來見處
拔文以頌先生也。墨迹保之，而先生未識，近在何處
甚相念。爰裁印譜，茲附上，弟舊收古鉨印千三百枚，
擬拓印譜，方茲事而事變之起，僅成骨角印一卷，
均未帶出，途中為收數枚，亦未依子良須檢，冊中

僅餘者拓二紙，告以奉叁，另數紙則他人所藏
也。錫予請寄四川南溪李莊中央研究院
歷史語言研究所，弟現住所中也。敬請
著祺

弟王獻唐頓首
十二月二十一日

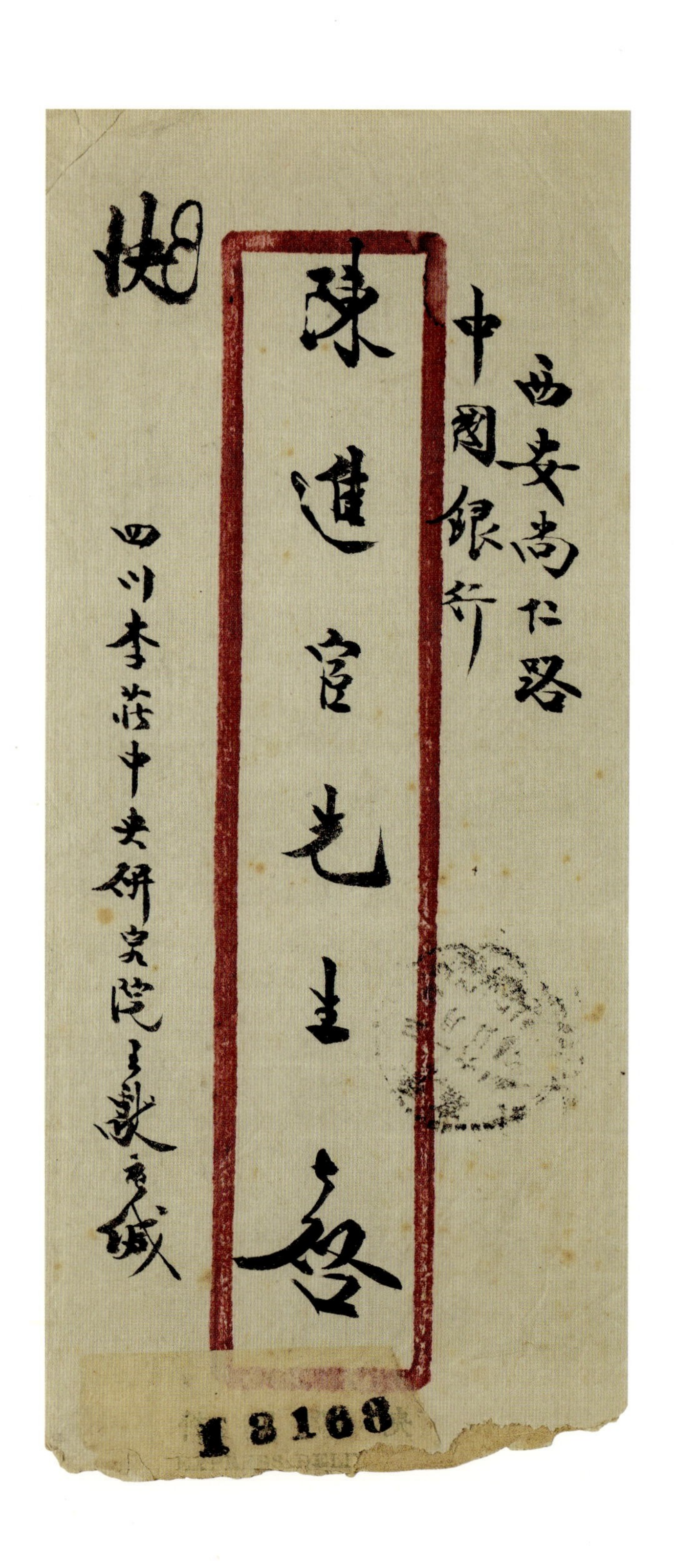
閱
西安尚仁路
中國銀行
陳進宦先生
啓
四川李莊中央研究院
緘
18168

進宦先生左右：得　大函，承　賜墨本多種，深感
隆貺。少年唯印家之殷證尤爲佩服。五銖一泉范，方
若雨有之，近人援以推敲五銖泉之小史，譜家謂爲沈郎錢，亦爲
莽鑄。甚望　向沈先生代乞一墨本印證之。長沙司馬設石印
乃金陵大學所藏，知弟自有。弟入川後亦收得數印，皆置存樂
山，俟三四月間回樂山時，再爲沈先生拓之。方雨樓所收之十一
銖錢，是否新幣？抑爲秦幣？以其銖字只作朱，或從玉作珠，當爲
秦幣。若從金作銖，則爲惠帝以後物。莽幣銅質與惠帝之鼎以

後鑄者不同，不知是何色澤？傳世重十二朱、重十四朱二錢，古泉滙以
下著錄，皆謂之兩。雨樓所收不知是秦幣，未知孰何，不知是莽幣，以
知正品。惜雨樓在北平，不便與之通信，但此泉弟甚欲知其文字
也。兄處有墨本，須惠假一閱，當即奉趙，否則摹刻
一本見賜，亦所深盼。弟遂去有漢賓邑長印拓本，乃友人所藏，向
未著錄。又銀錠一，乃弟舊歲得於重慶者，長沙出土。道光錢一，幕文譯之
為戰而勇敢之國王。茲並以墨本奉
覽，並請
著安。弟戴頓首 一月廿五日燈下
荃卿 伴蕭函印之專
弟處距重慶甚遠，賜書寄四川南溪李莊五号信箱弟由到

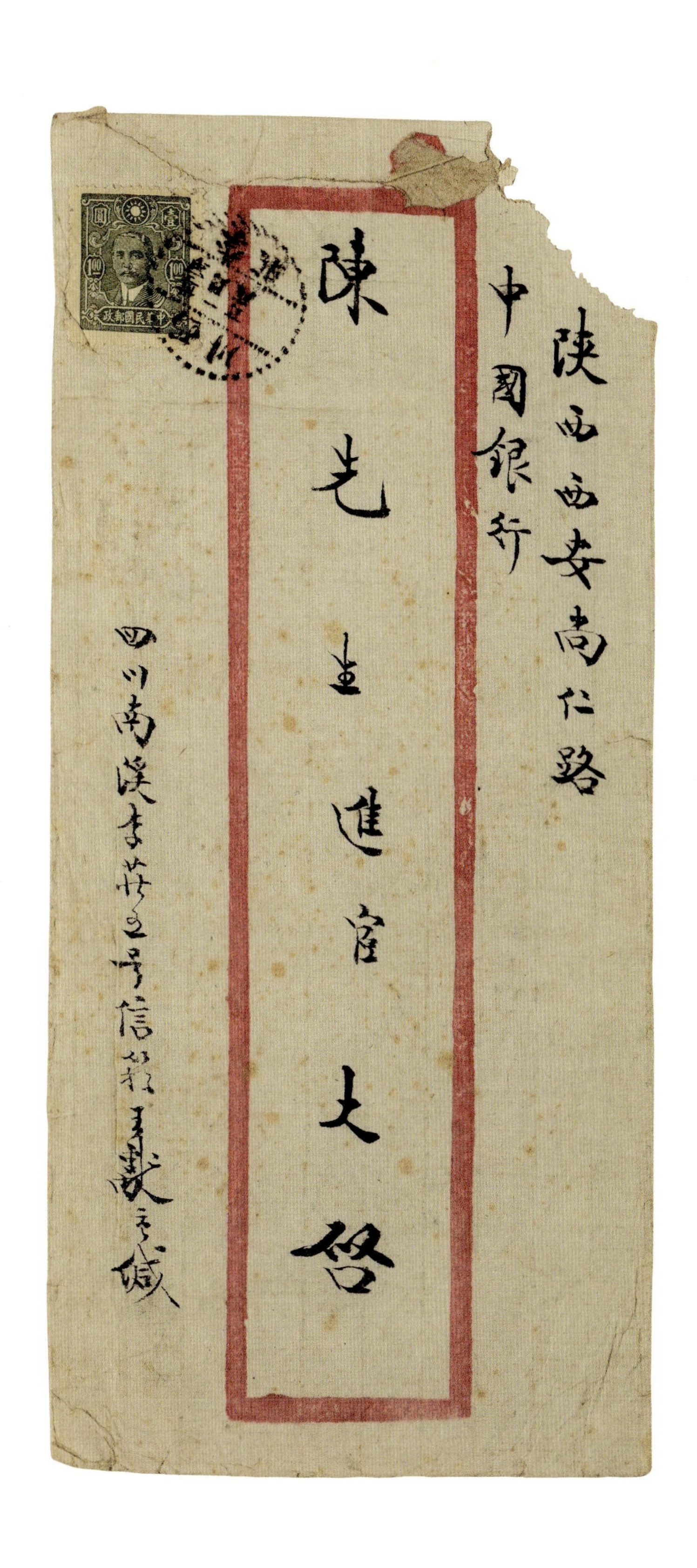
陝西西安尚仁路
中國銀行
陳先生 進官 大啓
四川南溪李莊五号信箱
緘

進宧先生：

得 手教並揭本，歡喜無量！

賤恙確如 兄料，在川中已得之。

勝利後，至北京施行腦部手術，

病未愈而傷及右部運動神經，

幾成偏枯，調養半年，始能動

作，至濟南之郊休養。迄今以

來，日有起色，週後看書寫作，
已恢復一半，唯不敢多走路耳。
賤恙 係用腦用眼過度，積久成為
眼神經痙攣，大發作時不省人
事。此 與舊患有別，現日常
服用鎮定神經劑及維他命B。
又，從古叢會之搨本，已早取去，
昨日又會，取去我搨出之金文墨

本又張，合以舊藏三張，先行寄來，容後續拓續寄。又磚瓦陶文，尚無暇拓及也。

兄藏以鳩範爲最佳，其他之範，亦盼拓寄！（該範土質顏色。）昭帝元鳳四年範，未知能得墨本否？

式鈞吾兄

年安好，石巴英録，如

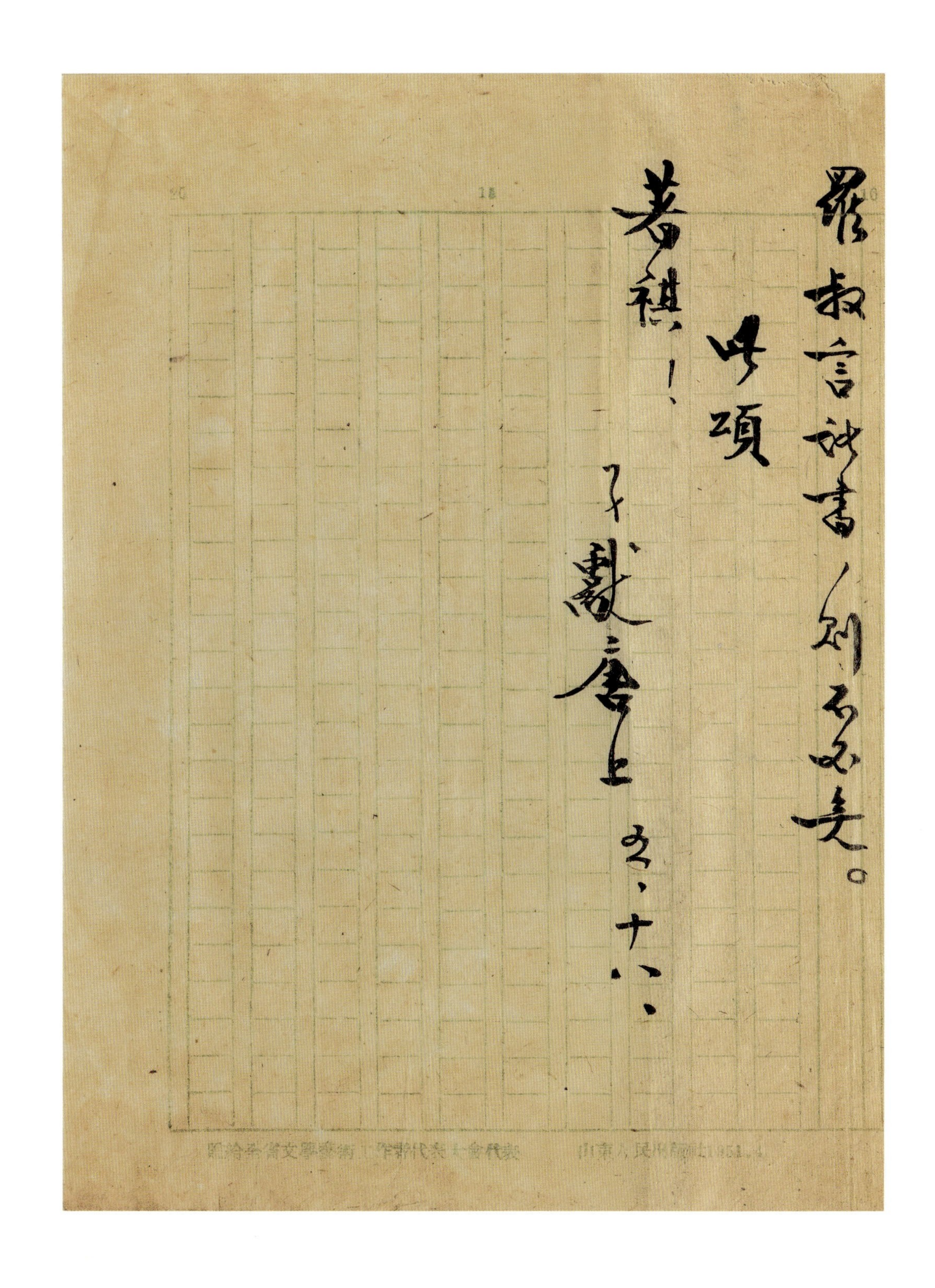

羅叔言祕書則不必矣。

此頌

著祺！！

弟 獻唐上 九、十八

此丹陽吉鳳池先生之詩葉係一九二三年所贈附粘於此

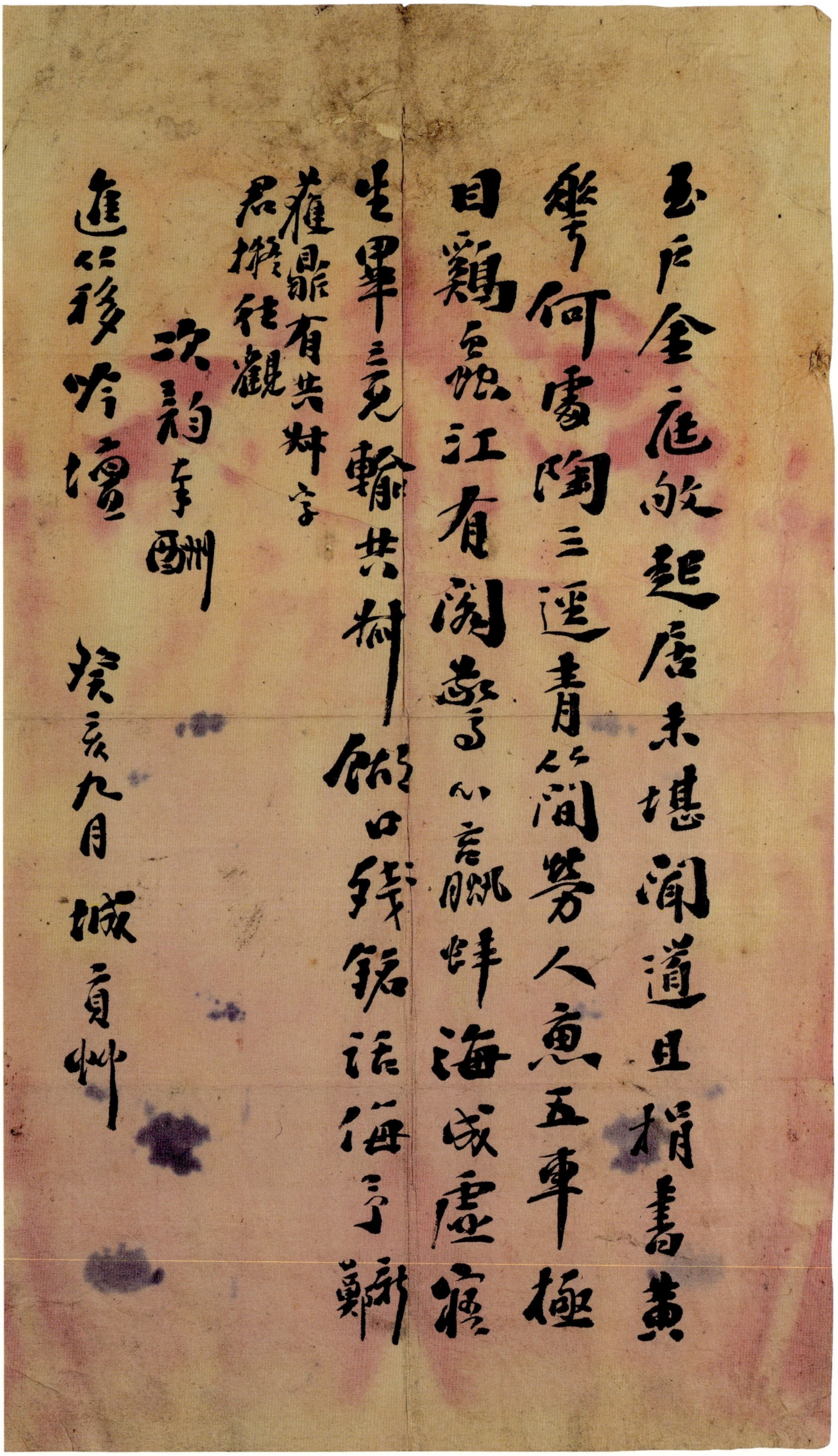

玉尺金匳斂起居未堪闡道且捐書黄
衾何處陶三逕青箱間勞人惠五車極
目雞鳴江有闊驚心詫蚌海成虛痕
生畢三更輸共樹飯口錢銘詞海子鄭

雍鼎有共材字
君擬往觀

次韻奉酬

進公修吟壇

癸亥九月 城貢艸

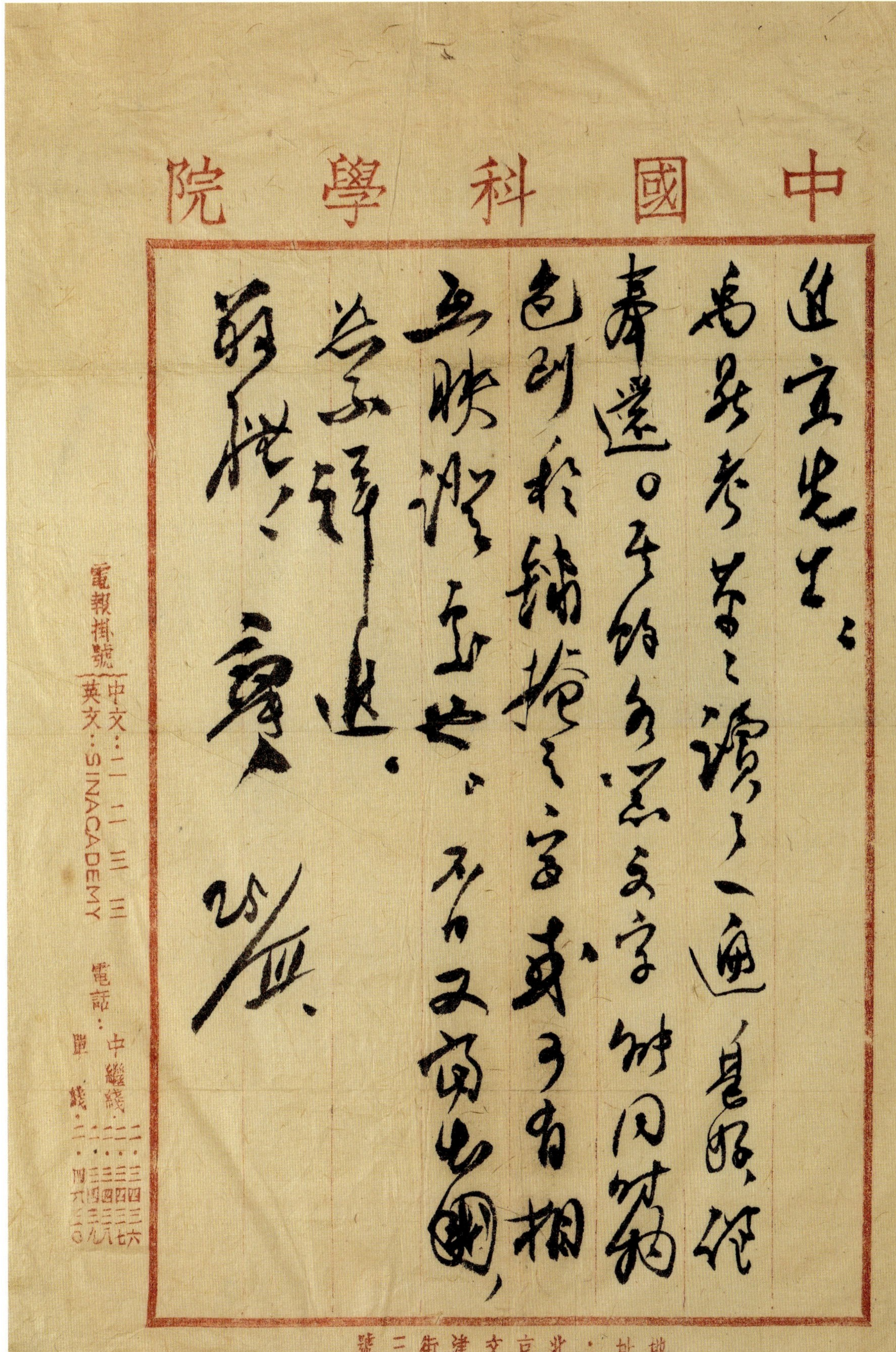

中國科學院

道宣先生：

惠寄尊著讀了一遍，甚欽佩。

奉還。手頭無原文字[illegible]用[illegible]

已列於錯[illegible]之處，是否有相

互映證處也。乃有又需出圖，

望予詳述。

敬禮

沫若

電報掛號 中文：二一二三三 英文：SINACADEMY

電話：中繼線：二·三四三六 二·三四三七 二·三四三八 二·三四三九 單線：二·四六三〇

地址：北京文津街三號

中國科學院考古研究所

字第　號第　頁

進宜吾兄先生道席：奉讀
手教，敬悉。蘧是關于考古會議消息，離京時曾面
詢作銘兄，据云時間拟定在七月廿一日开到八月上旬，已
得中宣部同意，但未奉最後核定。西大方面確留有
出席名額，毫无問題。所聞如此，特供
參考。弟於十六日來大連療養院休假一月，大函稽復，祈
恕。專此奉答，並頌
教安

弟郭宝鈞敬　六月十九日

一九五　年　月　日

弟近患青光眼症，左眼幾於失明，隨賴草草，希諒不恭。

地址：王府大街九號　電話（五）局三五九八號

国瑞拓『刘益州』陶印

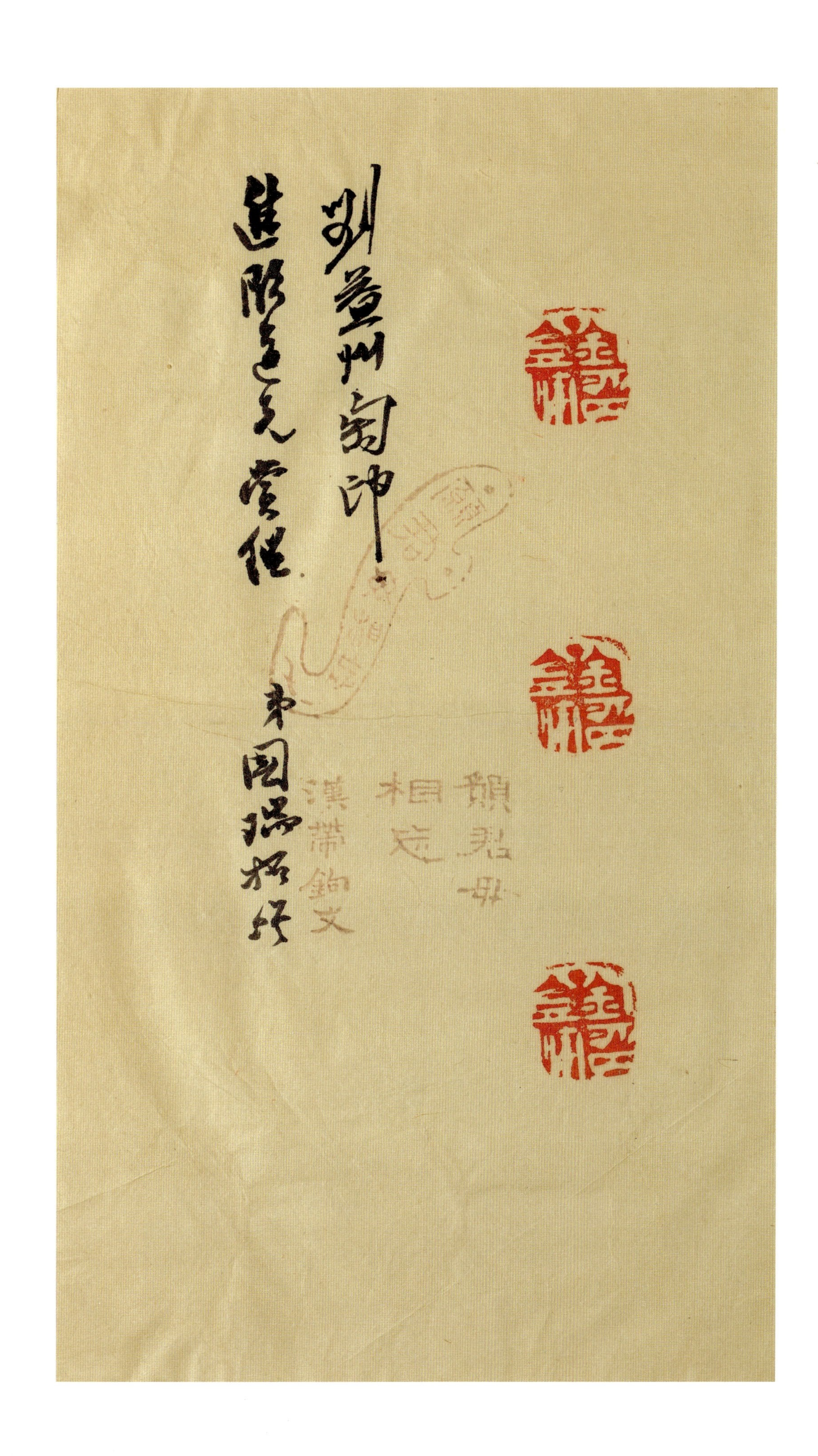

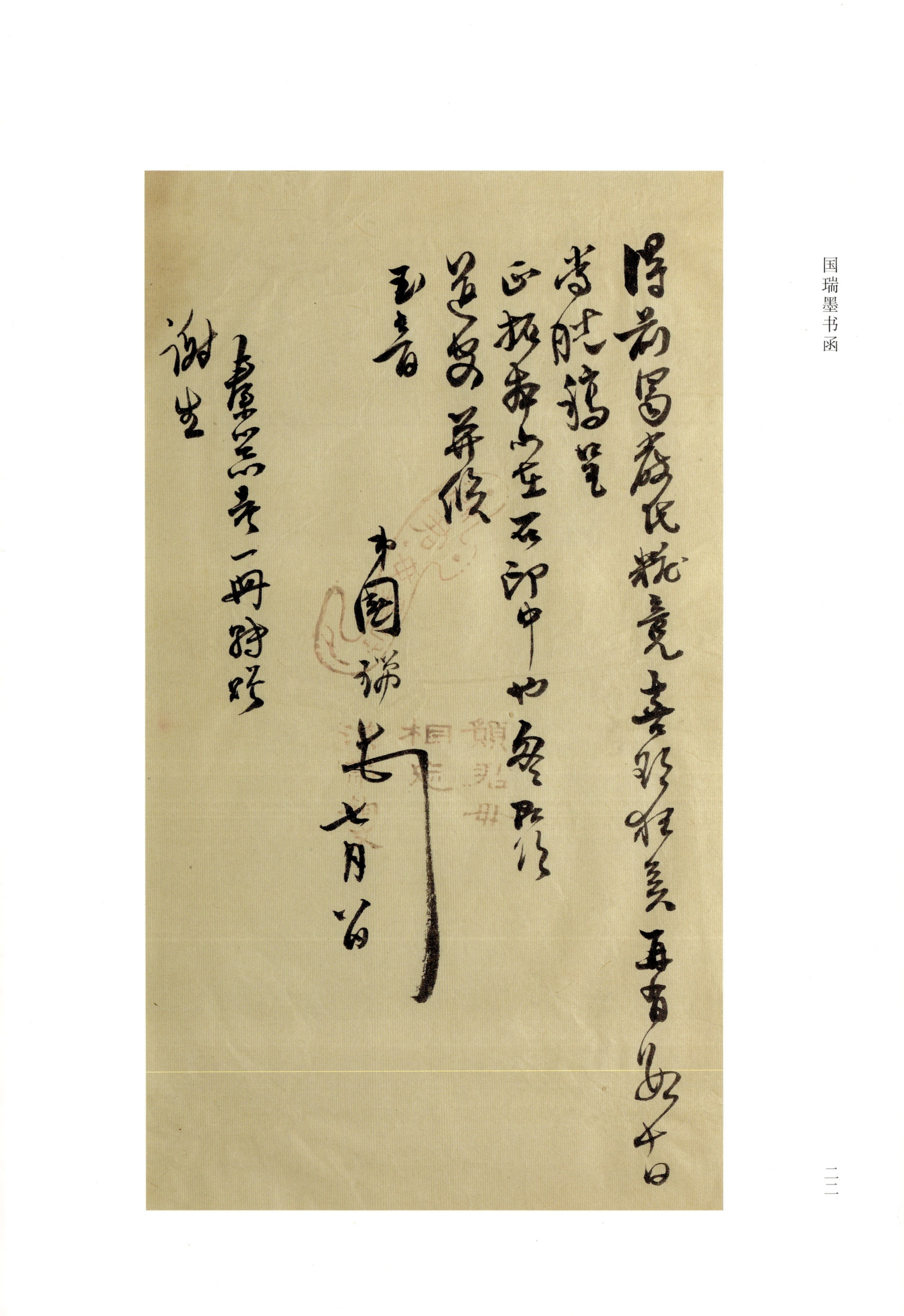

進宜先生，

来示及有关漢简论文，均已收到。

大作征引丰富，读后获益不少。承允予刊载《北大学报》，非常感谢。经与学报编委商量，大家觉得为了贯彻学部扩大会議精神，这个阶段应当多登理论性的文章，所以大作近期无法刊出。为了不致耽误时间，先将大作寄回，並请见谅。郑毅生先生确已移住中華书局主持標点廿四史工作，承询并告。此致

敬礼

翦伯赞 1964，4，8。

進宜先生：頃奉令兄墨遂先生書，云任職蘇南文物管理委員會，不知足下近況若何。厔盩古老子碑拓本，請代購一份，價若干即匯上。敬頌箸安。

弟容庚上　一月廿二日

燕京學報用箋

进宧先生：

惠书及著作两册，均已拜读。又"文史"三期所发表的"古籍述闻"，前曾读过。先生邃于史汉，以地下出土的汉代实物，与汉代典籍交验互證，阐微扶幽，既有超迈的卓识，又有确切不拔的佐證，这一作法可以称为並世无两，非敢阿其所好。吾年来所从事的工作，如果以几句话来概括，那就是，以地下所出土的商周文字资料和物质资料，与商周典献互相徵證，用来解决地下地上的疑难问题。根据以清代考据成果为基础，进一步与考古学相结合，但与清儒奉说文为金科玉律以释先秦典籍者，则迥然不同。您的发明，主要在秦汉；我的著述，主要在商周。今后只有彼此相为砥砺，以不负党和人民所给予我们的任务，于愿已足。山川迢遰，无由晤叙。匆匆 顺致

敬礼

于省吾手上 3.7.

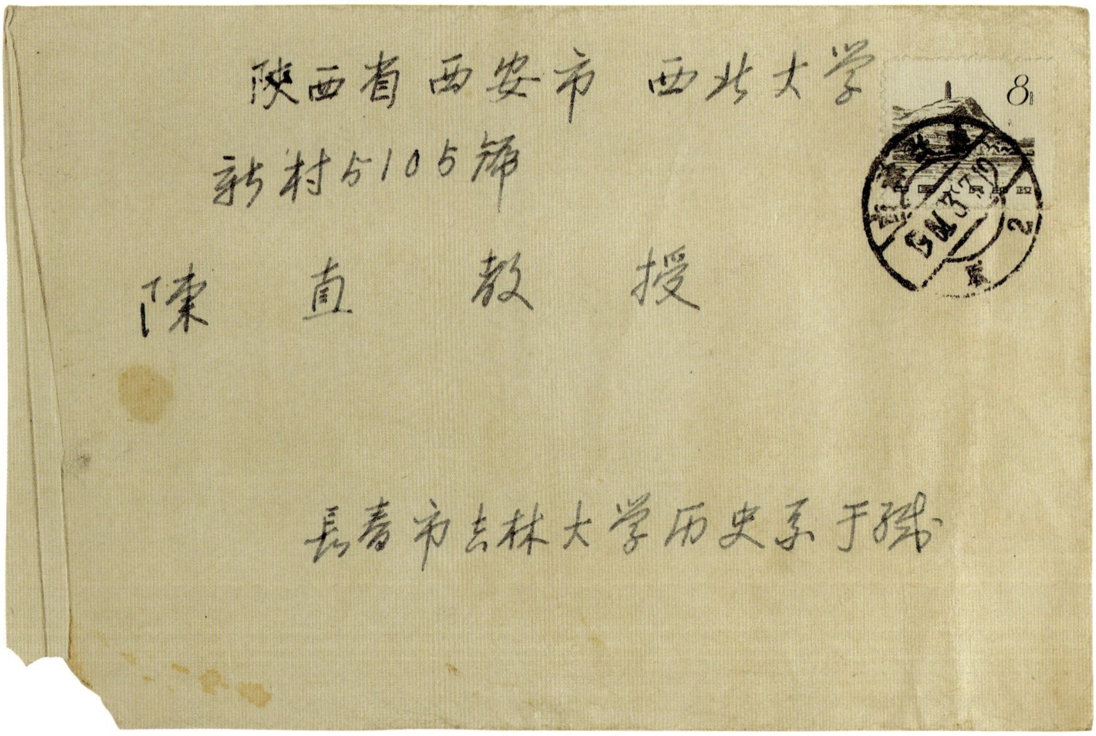

陕西省西安市 西北大学

新村5105號

陳　直　教　授

長春市吉林大学历史系于緘

進宦先生承

示大作鳥書考書後，謂弟詳于羅列現象，疏于綜合分析，誠為的評。囑送中大學報及學术研究發表，惟中大不收外稿，學研稿件太多，故以奉還，請寄文物，或可連續。壽縣印謂為戰國時物，似沿旧說，汉印同名者多，必為確指，似嫌武斷，為幸荷。

復頌

著安

弟 庚上 八月廿五日

錫永于七月往北京，復往青島休养，尚未回校。

西安西北大学
西大新村五一〇五号
陈進宜先生
中山大学容寄

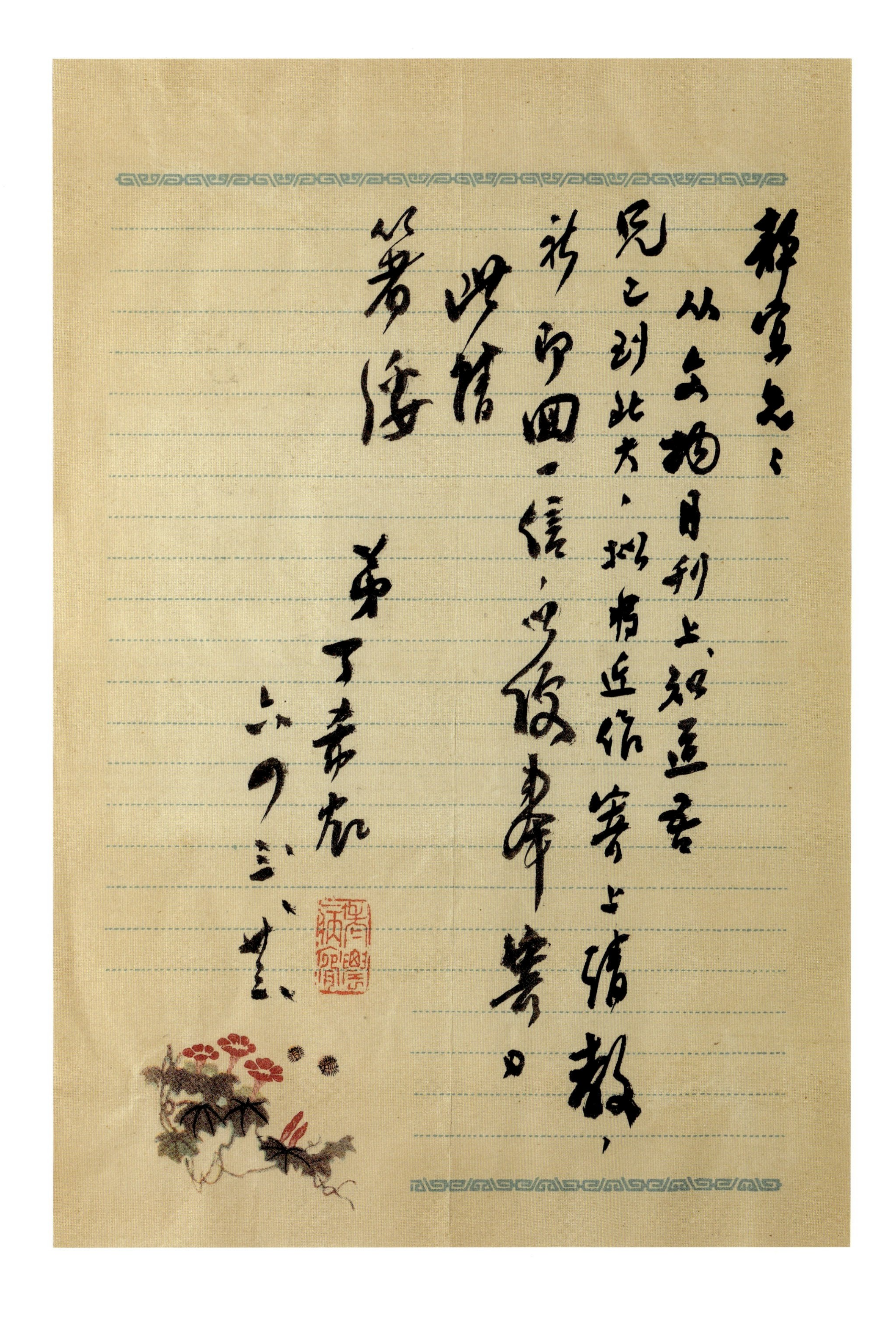

静宜先生：

从文摘日刊上知道吾兄已到北大，拟将近作寄上请教，祈即回一信，以便奉寄为

此请

著安

弟丁希农

六〇、三、廿七

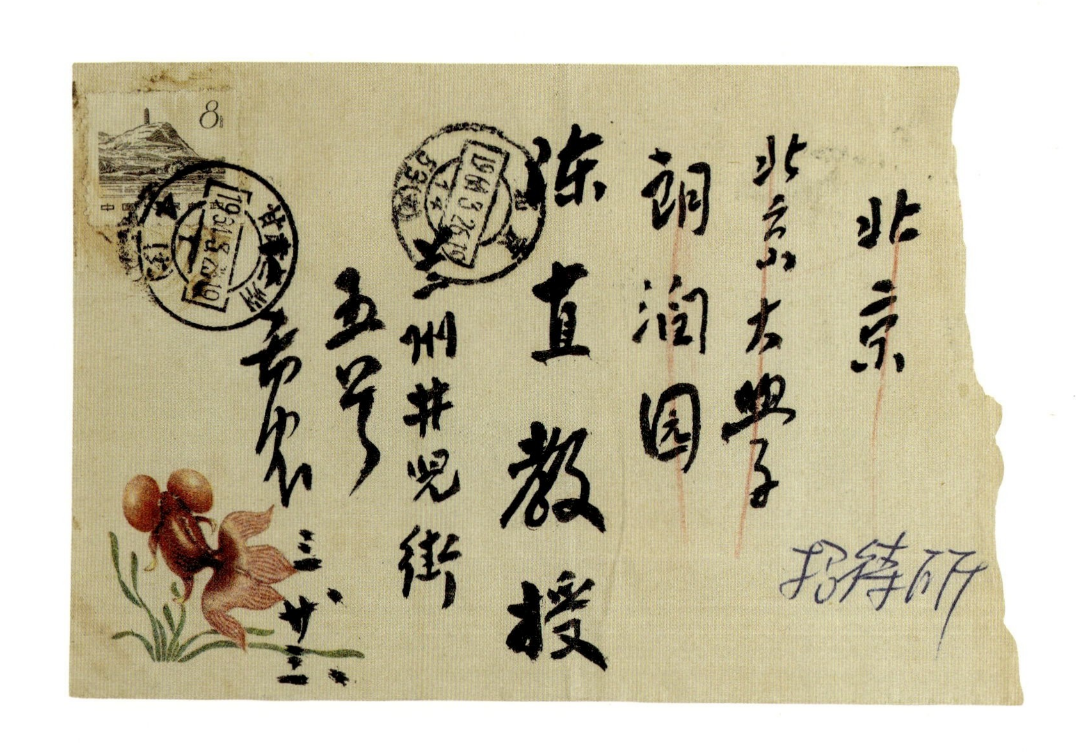
北京
北京大学
朗润园
陈直教授
兰州井儿街
五号
[illegible]
三、廿六
招待所

静宜兄：

在本期月刊上看到你的文章，拜读之下，知久别重逢，希望通讯问候，并能够知道八十多的老艺人尚健在。

另有一事向你报道和建议：有一位外地人在兰州，以李二曲画像手卷求售，李是陕西周知县人，清王朝征集明遗老，予以博学鸿词头衔，当时李坚不应召，把刀磨亮，是论如何敦促，始终是拒绝。当时的独特者，是后世楷称道的。这幅画像手卷更有独特处，是画的背面。鬓以删而不画辫，保发如汉士结于头顶，画面尚是表示不在清帝面前北面跪拜称臣。画幅极小而后边题跋极多，绝非人，熟知的有包世臣、梁章钜等。最后是蒋延黎的手书作，戴传贤等。

请你考虑一下，是转知陕西博物馆好好，还是你们西北大学好呢？如收藏可以向我问清我的途径。此致

敬礼。

希农

一九七三、五、十五、

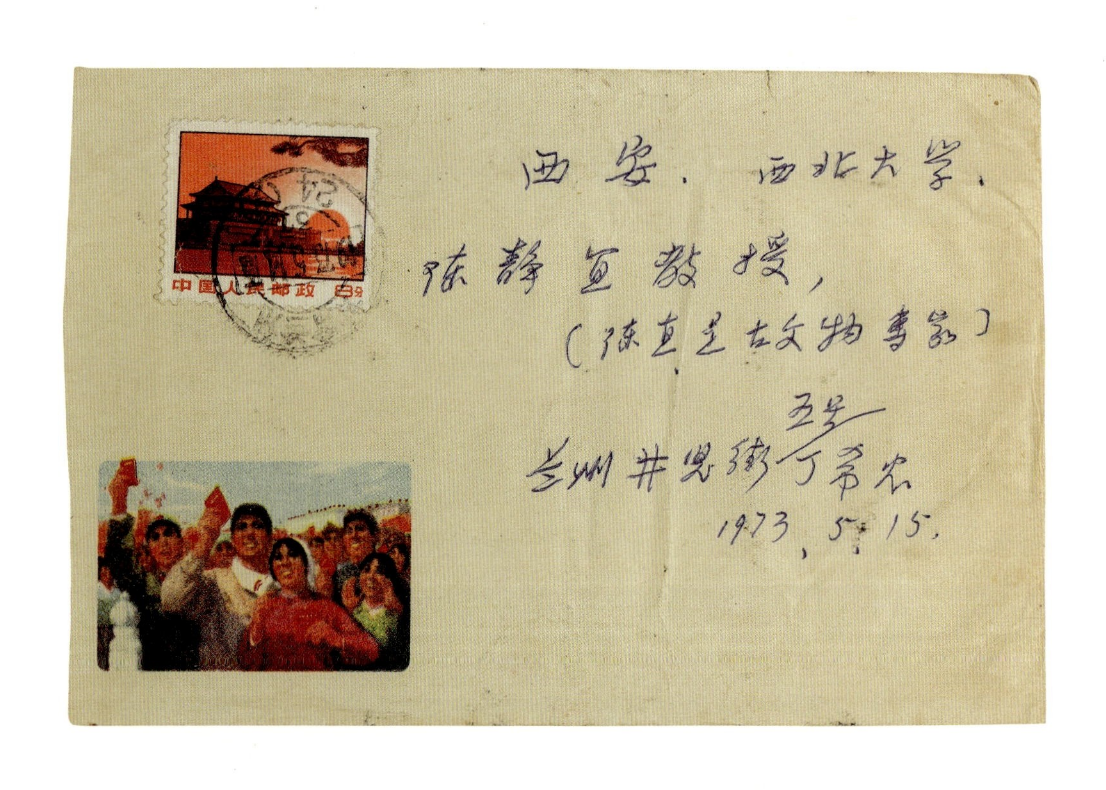
西安．西北大学．

陈静宜教授，

（陈直是古文物专家）

兰州井儿街五号丁希农

1973．5．15．

刘盼遂墨书函

进宣先生吾学左右：顷蒙手书借览业章，嘱以校稿「世说新语校笺」，抑亦寄尤觉期许者厚。惜是此稿发表迄今四十年，久已芜落，所存「语稿校本」，因近应中华书局之约，业经并入「世说新语集释」中，文入局方，故难应命耳。倘承不弃，肯将尊著酌示数条，俾得覆校时收入，以光短书，更为幸幸矣。敬叩道安。

小弟刘盼遂顿

西安 西北大学
西大新邨五一零五号
陈進宣教授 台启
北京师范大学中文系刘盼遂

进宦先生著席：

奉到大作及手书不久即因事离校，回后天气酷热，头脑昏昏，百事俱废，友朋来信亦懒于作答，暂复乞谅。

大著早已转《学术研究》编辑部并为推荐，情况如何？未见下文。

先生著作甚勤，不断在各种杂志中拜读之，其精力至为钦佩。

曼达先生在姑苏，保之先生在津门，晤谈甚多，别为[illegible]之。以弟比之为多，而南不少，藉先之故。楚竹简文字多有未识，研究为艰，真心有余而力不足。弟虽为之，但进度甚缓，将来请益之问题定当不断，希毋吝教！敬颂

撰祺：

弟承祚拜启。

62.9.14

九十一岁白石

[illegible]宣先生道鑒：頃奉大札，讀悉壹是。尊著鹽鐵論
[illegible]要，未得寓目，當向公庫藏之一觀，必有異于拙作。拙
作印成後，當[illegible]。至若論校王利器集釋，又覺貴
手劃[illegible]遺從[illegible]數條，[illegible]遺[illegible]數十條，有[illegible]可得稿
本，此可[illegible]引加詳，而郭[illegible]諸本亦絲續[illegible]情。[illegible]尊
著[illegible]文，作[illegible]平，拙作所集，早已[illegible]錢用一本，寄已滿
紙，不克奉[illegible]款書。劉孝標世說新語札記，見於[illegible]大學刊
一至六期中，若無從出者，又沈劍知札記，在上海抗戰時期
所出學海雜誌中，注聞[illegible]尊處請逕[illegible]。今下[illegible]年下走
早已退休，不再校。又尊著世說札記於何雜志中，拙作
[illegible]南北朝[illegible]書校釋有二十餘種之多，將來當出
版矣。專覆，即請
道安。[illegible]
弟王佩諍拜上　十一月[illegible]日

進宜先生：楨寫此書，未免唐突，然不能不修函請益者，即楨對於兩漢之學，茫無所知，讀公大作，如啟蒙振聾而有不已於言也。楨初步讀公所著之兩漢經濟史料論叢之經間之文物之所載之秦漢瓦當概述之四種銅鏡圖錄釋文之，極見博大精深，時有創見，於是不學如楨者而畧得涯涘，進而以讀史研學自勵，不以老而自廢也。但

公所著西漢經濟史料論叢、关中秦漢陶錄、
續陶錄未知何處有賣？有副本否？又聞諸漢代
文學著述是否業已殺青？近有何
大作，務乞不吝賜覆，俾有價目，亦希
示及，當即備價匯奉。拙嘗涉及明清史蹟
亦無所得，近則不以老拙，更擬研治兩漢史
事，亦欲追隨多 公之後，希望進而教之。
新獲漢左元異墓石拓本，莊繕度識漢魏

石刻拓本題識頗多，亦可覩圖，此堪為

公告也。頃與常書鴻先生晤談，時相過從，

倘如拾腳力尚健，明歲夏秋之際當攬勝

敦煌，還當重蒞長安，與

公過從，得飽覽　尊藏也。冒昧陳辭，諸希

諒之。此頌

敬禮

謝國楨上　十二月十八日

住址北京東城外永安南里十樓六〇一歷史所

宿舍

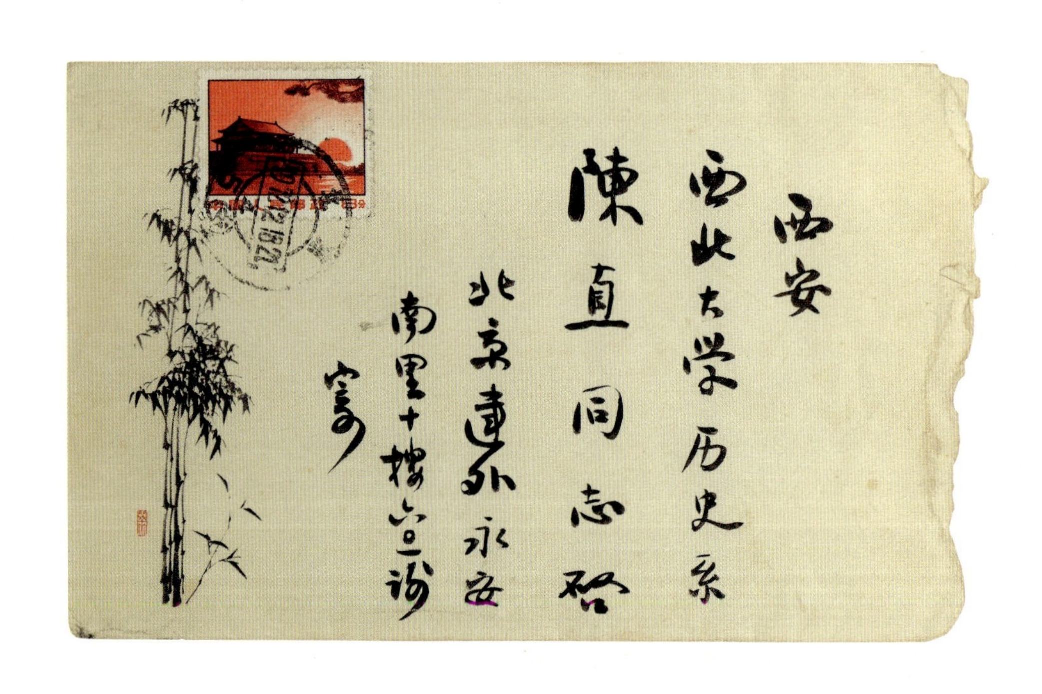

西安

西北大学历史系

陳直同志啓

北京東郊永安

南里十樓六〇三號

寄

此老表兄茅紫澜先生之札發函時年八十七歲逾四年方病逝

近宜若表弟左右久未通讯於
弟處情況如常在繫念之中近來何否
去歲接西安柳舟赴京師或就聘東北等處
春秋日高想勞教席不知偉氣何如
弟夫人精神康健否賢阮輩近狀何如
均在念中兄近病狀多〻久無健康可言飲食
銳減而便數（日夜必常四五次或五六次）不少夜眠常醒枕為苦安眠食二
字差堪告慰吟弄時無多偶有所作常
不愜意錄手留稿前於篋中檢出舊作

遂湘與旅行青島壽安者錄呈數首（旅日青島至未家居青島之時）

賜將秋為　斧政　覽阮首幾人至西安任聯

者嗣後如何　弟鍾陝西必要通訊所或印

改書　賢阮筆將寄達兄至古間國棉五廠

任職如意　長孫慶會至咸陽野土壤機車廠亦仍

舊職　次孫慶凱前由坝草縣礦區調至鄭市

砂輪廠學習現半習已正式工作而所諸指

之成就　墨工多逾至今如近狀何如通函時請

將敘儀當作談頌

愚表仲恩海拜啓　一九六四年十月廿七日聞

甲辰九月廿二日

俯從

陈先生：您好！最近从《文物》上又拜读了您在文化大革命以后的新作，使我十分高兴！

72年9月，我为了解教学情况到京津出差一次，在北大大约停留了四天之久。历史系诸位差不多都见到了。另外考古所、博物馆也去了一下。在故宫参观了出土文物展览。其中满城中山王墓出土的铜器给人留下深刻的印象。内蒙最近也学陕、豫、晋诸省的做法，举办了出土文物展览。其中美岱汉城出土的封泥有七、八十方之多，唯重複者太多。文化大革命期间，在和林附近发现一座汉代大墓，四壁皆壁画，而且有墨书榜题，总计达一千余字，较山东武氏祠石刻题记为丰富。墓主人曾任"繁阳令"、"使持节护乌桓校尉"等职。画中古圣贤故事和武氏祠大抵相同，惟其中画有一座大桥，题曰"渭水桥"，桥上有七女骑马持刀，题曰："七女为父报仇"。我查过一些书籍，不知出于何典？不知先生是否知道？

西北大学历史系考古专业已开学，不知先生担任什么课程？历史系若有关于中国史方面的讲义，不知能否惠赠一二？我们这里历史班一直未招生，已决定73年秋季招生，故而最近一两年来我没有任何负担，能坐下来读一些书。最近研读一些有关战国至秦铭文和文字方面的书。其中若有这方面新出土的材料，恳望先生惠予告知。余不细述。

敬贺

春禧

吴荣曾敬上
73.1.28

随信附上长杨宫鼎铭拓片一纸，此鼎为本校文物室所藏。此鼎铭为铜锈所掩，前两年无意中发现从以剔出。

"汉匈奴左大将渠日逐"钤本一片。此印系内蒙文物队同志在农民家中发现，可惜原物仍在原主家，仅获得印本而已！此印从未见著录过。

北京日历厂出品71.3（1366）

此予八歲時
同學丁菊
友之函歷
六十餘年
精神矍
鑠殊可羨
也

進官學兄如握上月奉到
復書敬領好評謂為可比漁洋未免過
愛不覺見其誇矣弟七言近體研究有
年到江南來所遇文友甚多皆以平視
求其能一一加以評品尚鮮其人不圖於
同學遇之因之弟亦擇其稍可者若干
首寄呈吾
兄餘暇進而教之曷勝翹企專肅並頌
講安

同學弟丁傳經
八月二十四日

進宜先生道席：今日由文物编辑户转到

手示，敬悉一切。所询临沂竹简近来照像工作亦至一千六百号（也快完了），其中断折三四断者不少。此是二个墓中所出，一号墓出的竹简多而短，只汉尺一尺二寸许；二号墓出竹简长（汉尺）三尺，只三十二枚，断折的不多。近来据照片研究，知是元光元年（公元前一三四年）厤谱，其中残损不多，这是现在传世厤谱的最早的了。过去流沙坠简中虽有残厤，然晚于此七十多年，且不如此完整。也得考订此厤，也就推知此墓及出竹简书写的相对年代了。其壹号墓所出近正在整理中，其书体虽隶书，然尚存篆体的残余（如也字作乜，其作亓，之作㞢，终作冬之类）。近日考出其中有晏子春秋四十多条、六韬十余条、尉缭子四五条，其他有孙子曰与齐威王田忌对话的简（这数比较的多），中多论军阵等事，都与现行孙子十三篇多不合，过去说认为是齐孙子兵书，然现在因齐孙子久佚，无从对证。此外还有风占、杂占等，一切正在研究中。因其出土时比较的乱在墓中，与泥土混合，几如韭菜叶一样（原物现不能脱水，仍盛玻璃管中），现经过冲洗照出，方能研究其文字。现在照摹写出六七百号，这工作可能再半年方能发表也未定。向春秋想象晏子春秋之误传矣。这个工作（摹写和研究）现只由弟及顾铁符二人为之，精力不大，读书不多，言之愧之。专此敬复，并请

著安

弟罗福颐再拜 十一月七日夕

稿纸（20×20=400） （1218） 北京市电车公司印刷厂出品 七一·十

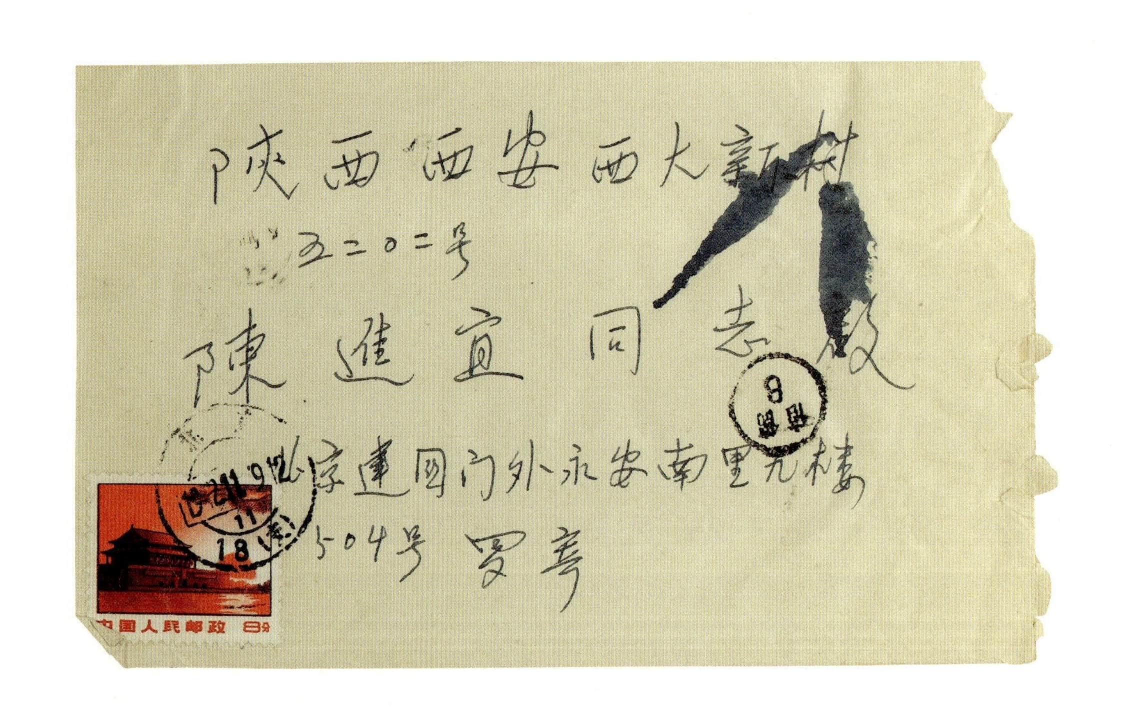
陕西西安西大新村
五二〇二号
陳進宜同志啟
北京建国门外永安南里九楼
504号 罗亨

逖宜先生：

惠函并陶墨三份已收到，谢谢。我本月初因事去京，25日始归来。据说，考古学会，可能在今年第四季度召开，果然，则亦晤面匪遥。拓落玉印，特钤泥奉上。此间无讲金石及汉学者，自号之者，殊感寂寞，奈何奈何。西北师大中文系主任的名字我已忘了。历史系主任记得是史念海，希见告。又去年在西安时，段少泉同志嘱托我写联幅，延迟至今，未能报命，日内当即写寄，希分神转告。尚复 顺致

敬礼　　于省吾 8.29

玉印启开钤押，殊不工整，又未题识，草草不恭。

陕西省 西安市 西北大学
西大新村5105号
陈 直 教 授
长春市吉大历史系于缄

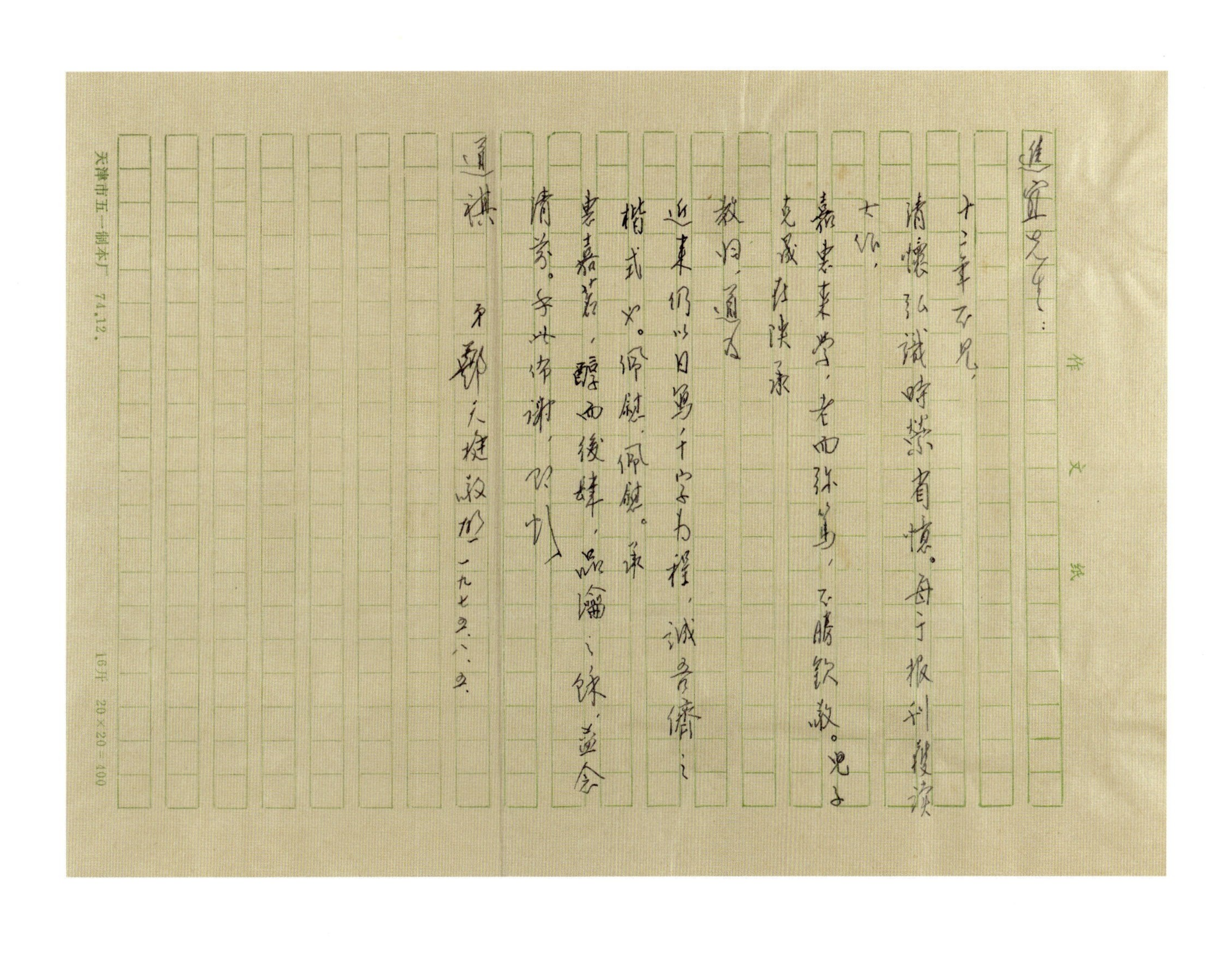

作文纸

進宜先生：

十二年不見，清懷弘識，時縈省憶。每于报刊獲讀大作，嘉惠来学，老而弥篤，不勝欽敬。兜子克威在陕承教，歸，道及近来仍以日写千字为程，诚吾儕之楷式也。佩健，佩健。承惠嘉茗，醇而後肆，品論之餘，益念清芬。专此佈谢，即頌

道祺

弟 鄭天挺 敬於 一九七五、八、五

天津市五一制本厂 74.12. 16开 20×20=400

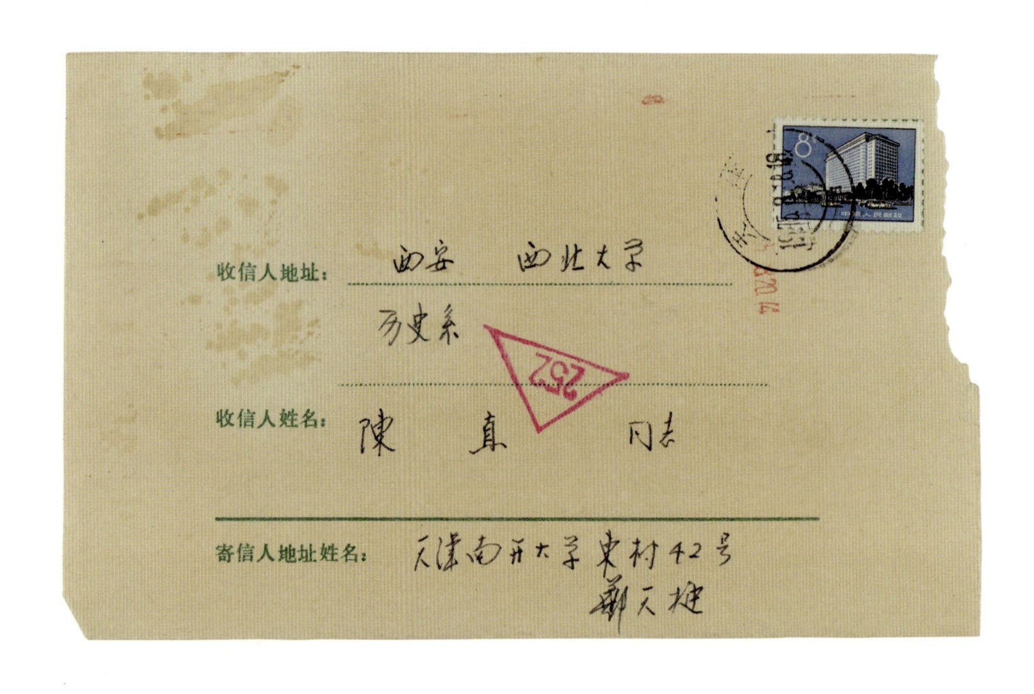

收信人地址：西安 西北大学

历史系

收信人姓名：陳 真 同志

寄信人地址姓名：天津南开大学东村42号

郑天挺

20开信封

文革纸制品厂 72.3

進宧先生道鑒 天仇兄轉來穎
華翰頌表感愧交併 被爲廿餘年
同事惟精可謂知技 前承以
先生道德文章見介 心早爲折 惟以
素未謀面 雖切學問 然只未敢率爾
既承索稿 轉年故爾未拒 不辭叨蒙
青睞 曷勝感極 惟以龍泓見鑒 未
免令人汗顏 敵者爲一代開山 何敢望
其項背 正來天賦魯鈍 寥下又乏工夫
不過結有此好 未能藏拙耳

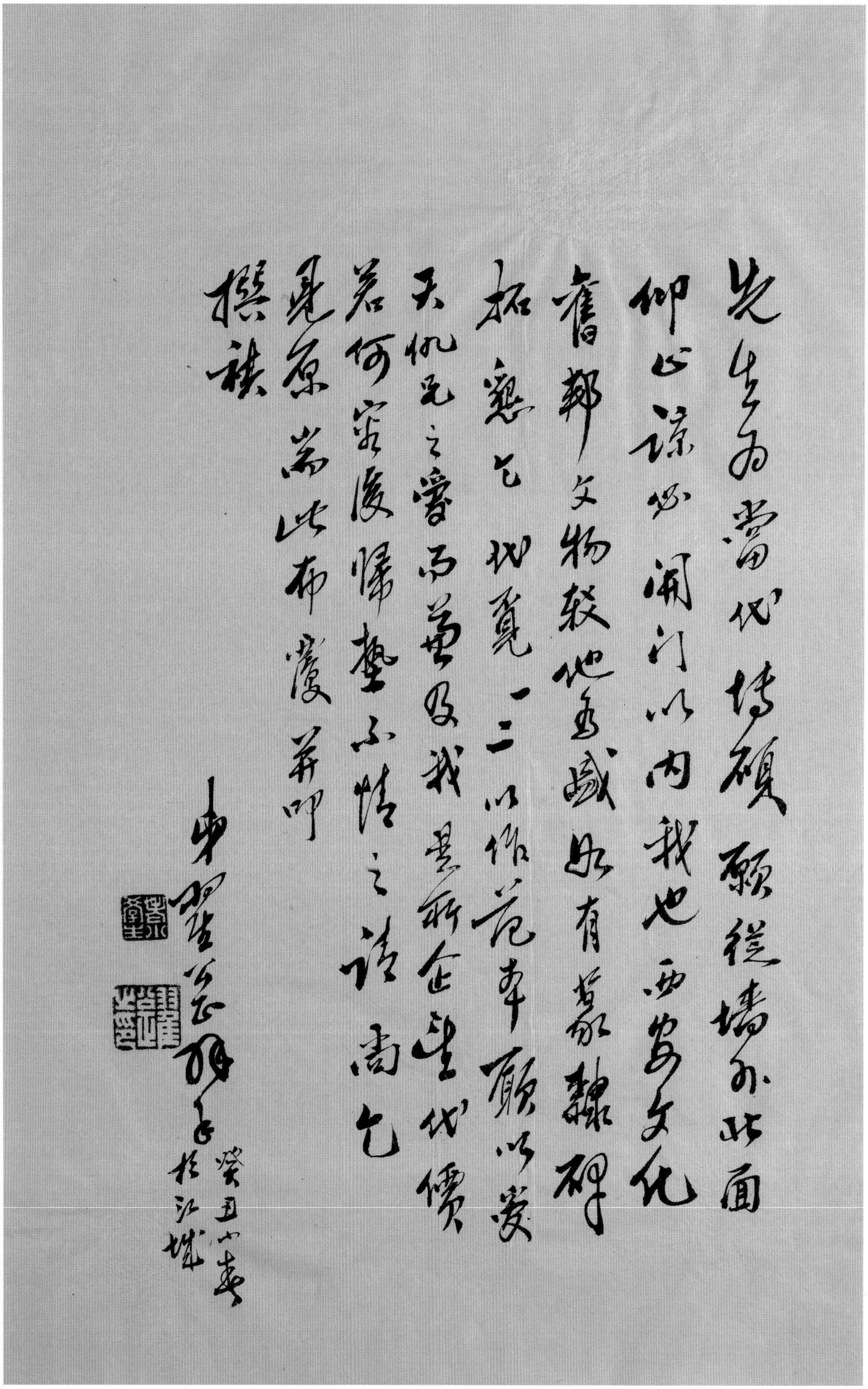

先生為當代博碩，願從墻外北面
仰止，諒必聞門以內。我也西夏文化
舊鄉，文物較他處為盛，敢有墓隸碑
拓，懇乞代覓一二，以作范本，願以爰
天机見之會，而兼及我，是所企望，代價
若何，容後歸趣。不情之請，尚乞
見原。專此布覆，并叩
撰祺

弟瞿兌之頓首
癸丑小寒
於江城

蓁翁賜鑒：朔日
手書奉悉，附致竹翁函（公正字竹翁）已遂
囑轉遞竹翁，承賜嘉許，并推讓石子與龍
泓，拍手以爲過譽。思與竹翁同事念余年，以
鷹所日近，南樓時相過從，私慕其翁書刻鐵
而不舍，年老彌堅，嘗從西泠唐老醉石先生
游，受於師友之間，因有此若足音。晚近
殊不多覯之意，是以前者敢呈數紙就教於
竹翁，復函附上，再呈數件 賞鑒，思玩有
數件銅質秦詔版一片，亦拓附一觀。亟
翁久居鎬京，歷覽文物之勝，嘗教字府著
述極富，所附錫 箴言，當獲益匪淺。
囑購蜀干武漢亦多年，難見，已托人在外地
代購，南邊產地或能獲得。昨知祖培兄重
蒞地，地處略當去圖訪問
敬頌
教安
晚學 李天仇 頓首
癸丑九月雲陟
墅翁兄暇時乞代候
以本事法兄均候

遂安先生史席：前奉
手示并
大著，敬诵一过，钦佩之至。[illegible]国专学校同学[illegible]
[illegible]
[illegible]教育学院[illegible]文化教育学院[illegible]
[illegible]私立学校[illegible]
[illegible]
[illegible]
[illegible]
[illegible]

弟王蘧常[illegible]

進宜吾兄道鑒：

日前獲讀六月十四日手書，已將尊囑託省圖書館田宜超同志探詢館方意見，昨得答覆謂該館黨、采購、古書、各方負責方面都已同意，擬請該館上報文化局請示，俟文化局批准后即可办理。先此奉復，至希釋念！

寄上拙作《西周牆盤銘文箋釋》即希多予指正為盼！今年三月份《文物》出版始得見微氏家族銅器多种，均可為文補此文所未及者。此文"命周公舍寓于周卑处"，亦在寓处二字断句，寓处兼詞，此則应当追改者。

專復，順頌撰祺！

徐中舒
1978.6.26

收信人地址：西安 西北大学

西大新村5202号

收信人姓名：陈進宜教授

寄信人地址姓名：川大新鋒园五号徐織

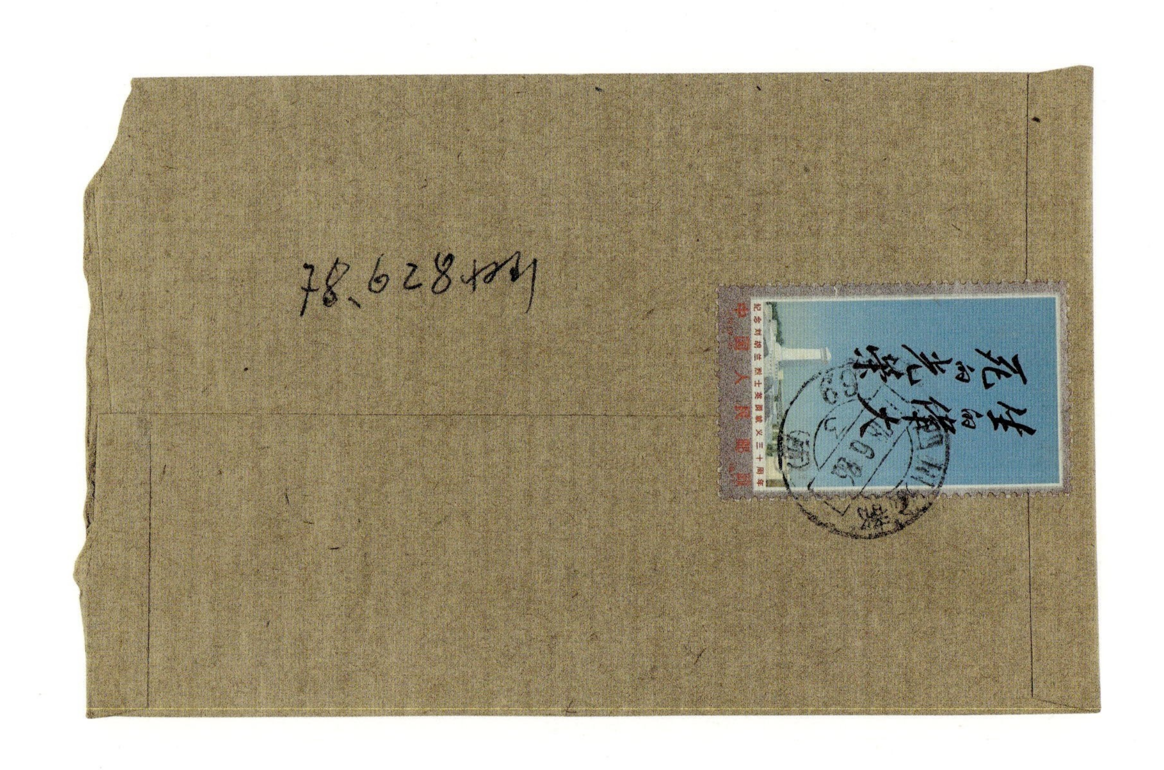

堆宦先生尊鑒：久欽

史席，去遂聆轉。日昨在图书馆中获讀

尊稿十餘册，学識渊博，益增仰慕。其中有涉及 先高祖頤志

公晏者三篇，其所指出引用别书未详出處之説，確非過論。晚

數十年来所見各书，如此情形者不下數種。近拟印其年谱，廣徵

佚事（乃先曾祖叔居公壽恒所编迄未付印）及拟编歷代年谱目录、

歷代生卒年表二種，敬乞

赐予支持，多多指示。（二者皆校補姜亮夫先生之作，已各得其訛误者

百餘处，现有资料，皆借于姜书矣。）六合孫先生雨亭曾长淮安中

学，後任中大教授，介敌初在上海徐匯中学，後亦调至西北大学，

与

先生同在一校，且同為当代学者，想必多所往還。聞其已于68

年作古，不知遺著如何，已付印否？孫先生在淮時，先伯卿侯

曾任教員，家兄弟肄業其校者甚多，往还甚稔，今猶憶之。

縷縷上陳，伏乞

指教，敬候

撰安　　晚淮安丁志安拜上 7.30

现住镇江中山路357號

装　订　线

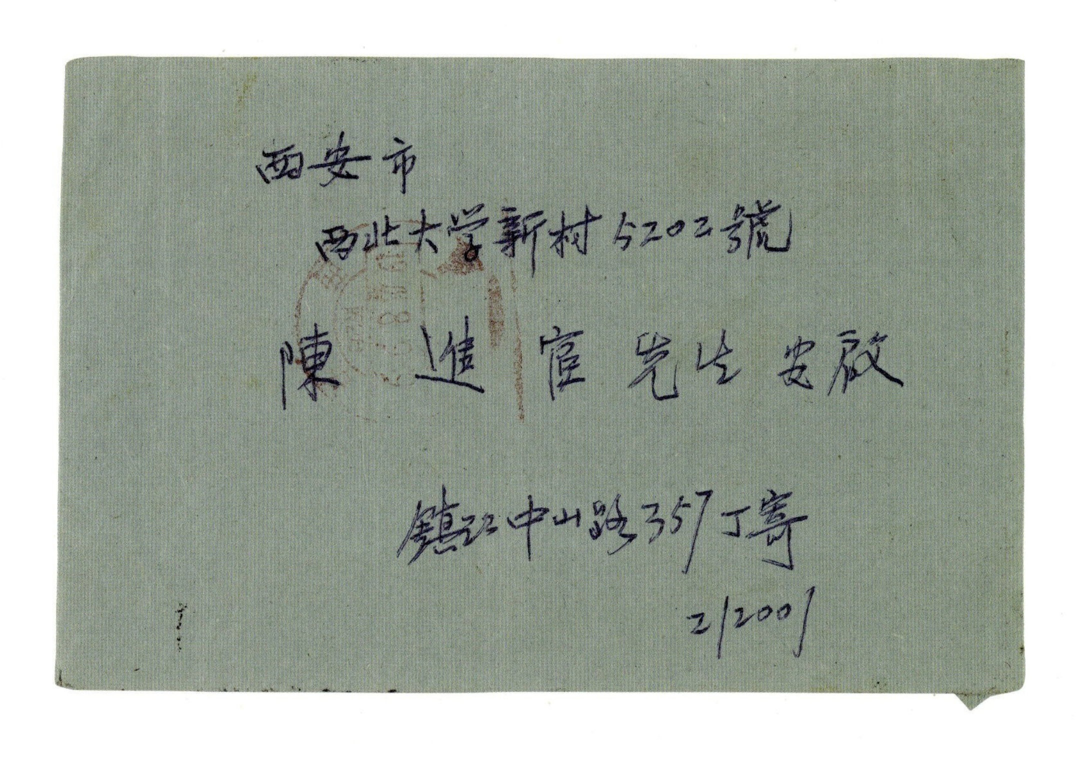
西安市
西北大学新村5202號
陳進宧先生安啟
鎮江中山路357丁寄
2/2001

8分

进宜教授：

西安晤谈，得倾积愫，快慰如之。承赠
大著汉书新证，谢谢。近来因工作忙迫，仅读篇首自序（从前出版的汉书新证，我已有之，并读过），以汉代出土的文字资料和实物资料相印证，"为治汉书者，另辟一条新道路"，不仅前无古人，而且能多发明，确切无疑，不胜倾佩之至。我的旧著书、诗、易等书，以同一时代的古文字为主，但出版已久，订补之处仍很多，一时无暇及此，奈何奈何。我藏有"上林郎池"四字汉印。记得三辅黄图有上林郎池的记载。匆匆，不尽欲言。

顺致

敬礼！　　于省吾手上　1979.6.7

50克书写纸 16×50
长印·1973.9.80

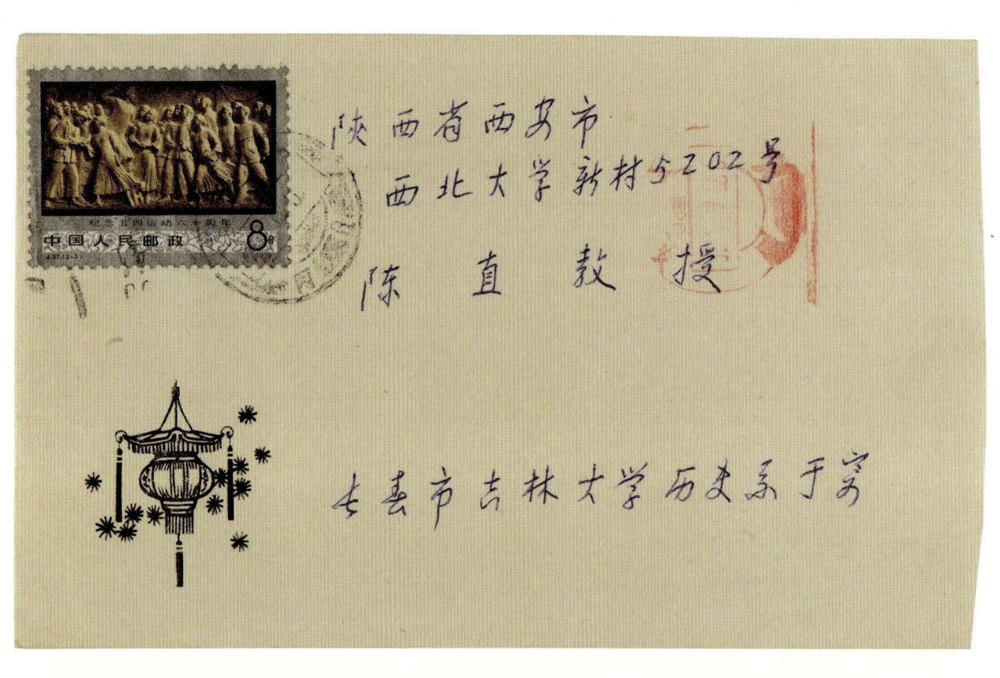
中国人民邮政
陕西省西安市
西北大学新村5202号
陈直教授
长春市吉林大学历史系于寄

進宧吾兄先生道鑒 頃接
惠函並錫贈漢任孝孙石室題字至為感謝 一
昨 令兄葆之先生扶子携猾前来過訪 承其題 拓
在吳門所獲 尊大兄邦福先生舊藏漢無極山碑
兩銘 其文郎治文乃楨在南開時之同學 且指導寸
具論文者 並患詩四首以誌舊誼 今又獲 吾
兄所錫漢石珍品 所謂珊瑚玉樹交枝柯 不僅
文字因緣 且有通家之好也 既為景仰 曷快

如之頃以衰朽殘年從滬返京正編整明代稗
乘中之「明代社會經濟編」及之「農民起義
編」以後藏事即當從事於編寫「漢代社會生
活概述」屆時定當請教
左右西漢銘刻皆將森玉先生所云八種頃已
得其七尚缺霍去病墓石拓本聞陝西博物
館〻長武伯倫先生宿研治金石之學能否便
中代爲求之將亦不敢冒瀆也書

兄尊體想已康復，近況如何？有何

撰作，希為示及。專此，即頌

著綏，即候

健康

弟 謝國楨 再拜

八月六日

西安
西北大學西大新村
五二〇二号
陳進宦老先生
北京建外永安南里
十樓二号
劍术

陳進宧先生著席

京都大学の上田正昭教授に御託しいただいた
御心のこもった贈りもの 漢長陵東當長陵西神瓦拓
両幅は無事落掌いたしました、また林巳奈夫教授の
手を経て
玉著漢書新證 新版の一書も無事落掌いたし
ました、御好意を厚く感謝申し上げますと共に
永く紀念として宝蔵いたし 折にふれて偲びたいと
存じます また玉函と共に玉著木簡考略の
跋尾を一紙御染筆下されましたことは、大変な

名誉に存じ早速家蔵本に貼付いたしました。
御厚恩に深く御礼申し上げます
六月五日中国社会科学院代表団が大阪空港に
到着され、六日は歓迎宴が有りました。考古研究
所夏鼐先生と親しく御話しをいたしました。六月
廿三日には全団員が关西大学へ訪問していただ
くことになっています
七月末から八月中旬にかけ、吉林省社会科学院の招
待で日中关係史研究者訪华団の一員として訪
华することが出来るかも知れません。今猶確定せぬ

らく子製

問題点が有りますので 左右が決まりましたなら更
めて手紙を差上げます 実現することを強く希
望して居ります。
玉君居延木簡解要は未だ拝読して居りません
が現在入手することができるでしょうか。是非拝
読致したく日本国内でも探索いたしたいと存じ
て居ります。
奈良平城京址出土品の絵葉書を同封致しま
す どうぞ御覧下さい。
先ずは 御恵贈の品々に関し 到着の御報告まで

らいふ製

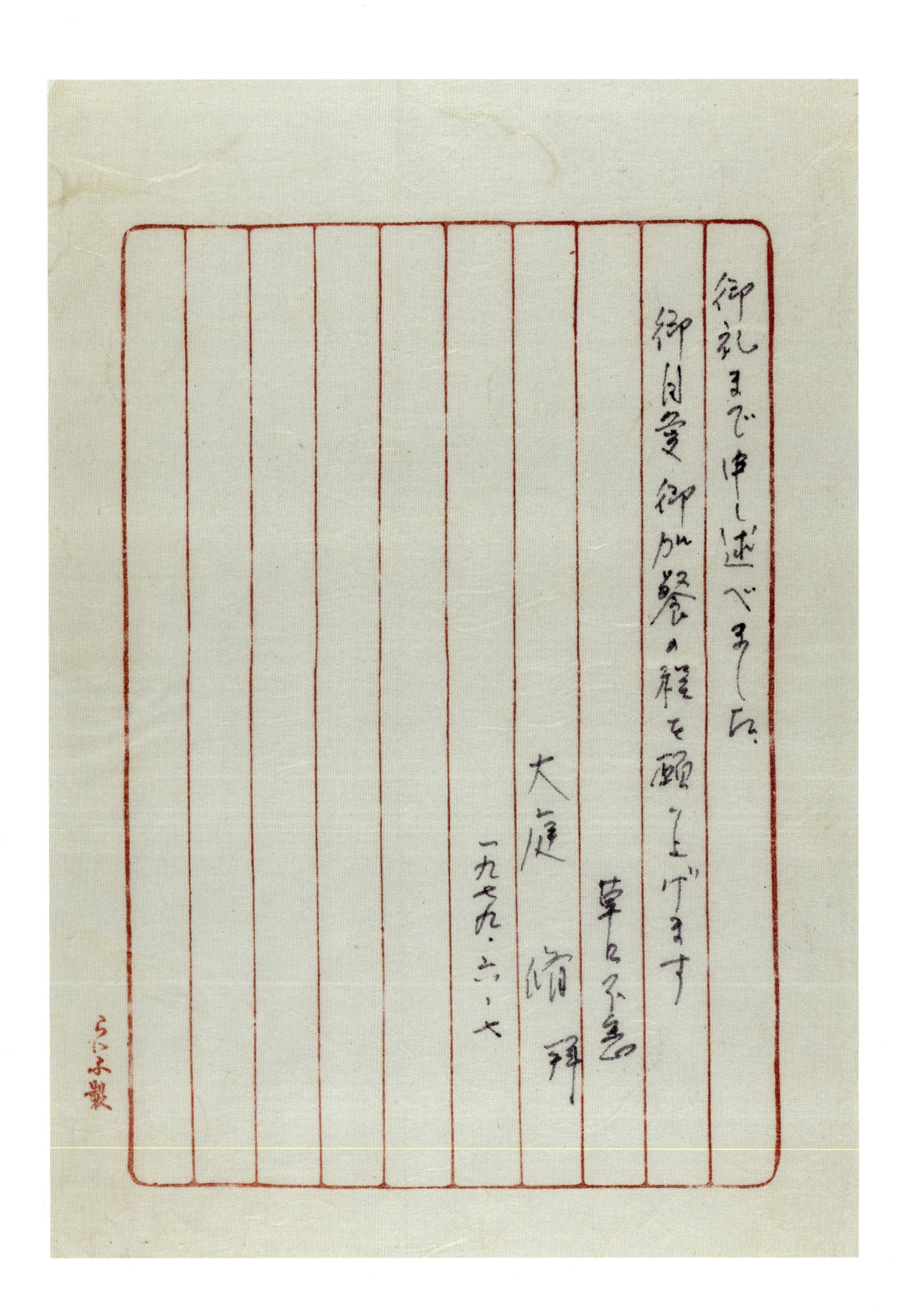

御礼まで申し述べました
御自愛御加餐の程を願い上げます
草々不一
大庭 脩 拝
一九七九・六・七

らくらく不殻

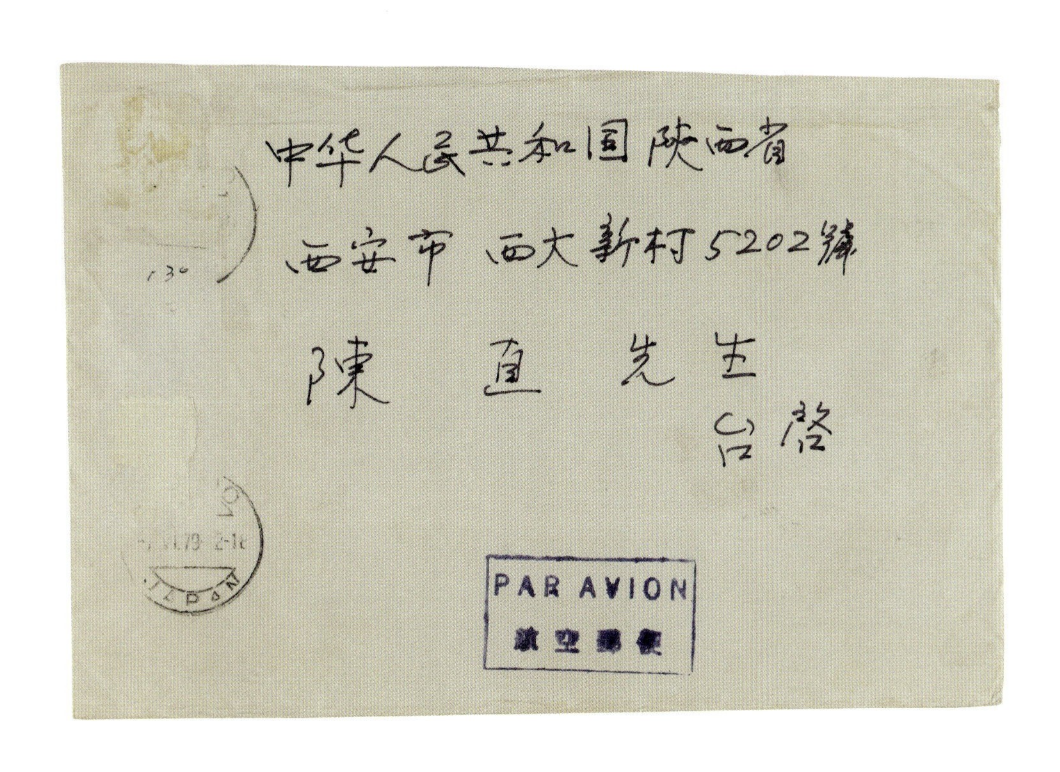

中华人民共和国陕西省
西安市 西大新村5202號
陳直先生
台啓
PAR AVION
航空郵便

日本国 大阪府 箕面市
箕面5-14-27
大庭脩

拝啓、暑中、如何お過しでせうか、おうかがい申上げます。

先頃は当研究所の荒井健君が西安にうかがいました折、貴著「漢書新証」をお托しいただき、ありがたうございました。確かに頂戴いたしました。一九七三年人文科学研究所代表団の一員として西安に参り、お目にかかって以来、御消息うかがふこともなく、御案じ申上げてをりました。

近時貴国の情勢も好転の御様子、学問研究の機運も向上のこと、拝察いたします。御自愛の上益々御健康にて研究の成果を上げられますやう、お祈り申上げます。

右とりあへず御礼まで申上げます。　敬具

一九七九年六月廿三日　林巳奈夫

陳垣先生

KOKUYO

進庵先生尊鑒：奉到
賜復，至爲欣感，並知
大著陳德付印，嘉惠士林，啟迪後学，確實需要，承
允以印本賜讀，尤所感紉。
暮庐著作纪年尚未拜读，即64年杭大编印之年谱要
目中亦未列入，乞將
公之簡歷及生年月日示知，亟当列入。如能在学报上發表，或
付油印以廣流傳，尤稱盛事。今年吉林師大第一期学报發
表沈鵬求先生之茅盾著譯年表，不知
公已見到否，可否仿而行之。此外尚有稀見之譜或師友
生卒乞多賜示。晚因基于姜亮夫先生之歷代人物
年里碑傳綜表，擴而充之，擬名爲歷代生卒年表，已校正其
誤者百餘，又增加約二萬人。敢求
博学予以支持，尤所感禱。匆上，並請
撰安
晚丁志安拜上　5.8

錢鳴有陳邦才先生，前年已經作古，想係公之從昆弟，
生前嘗在政協晤面，当时邦才先生任侯体育场场长。

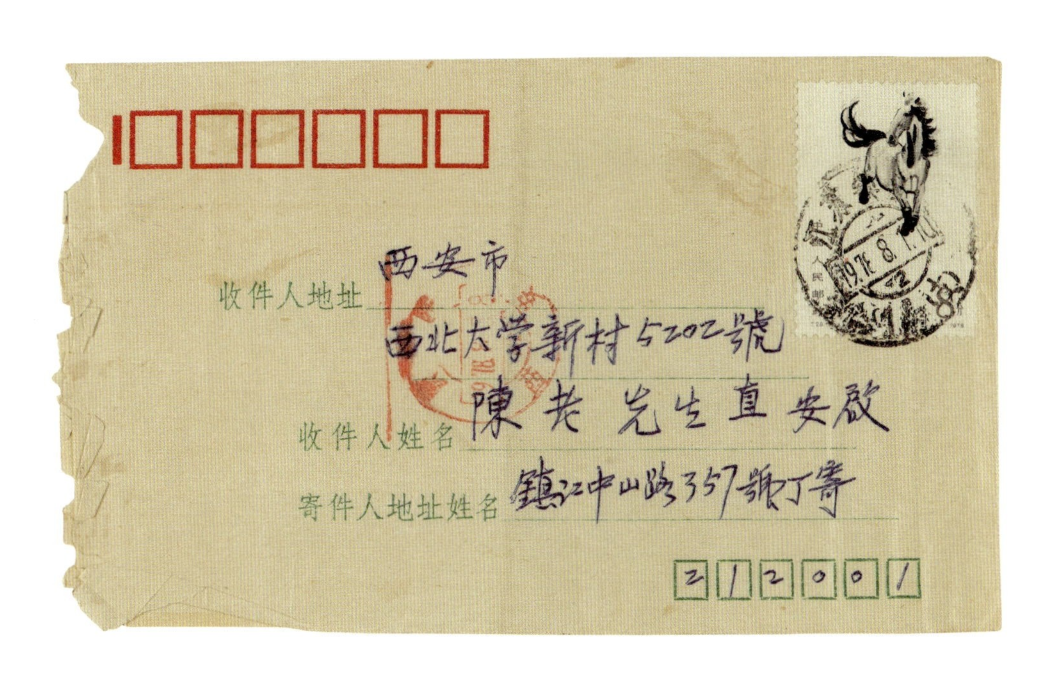

收件人地址 西安市
西北大学新村5202號
收件人姓名 陳老先生直安啟
寄件人地址姓名 鎮江中山路357號丁寄
212001

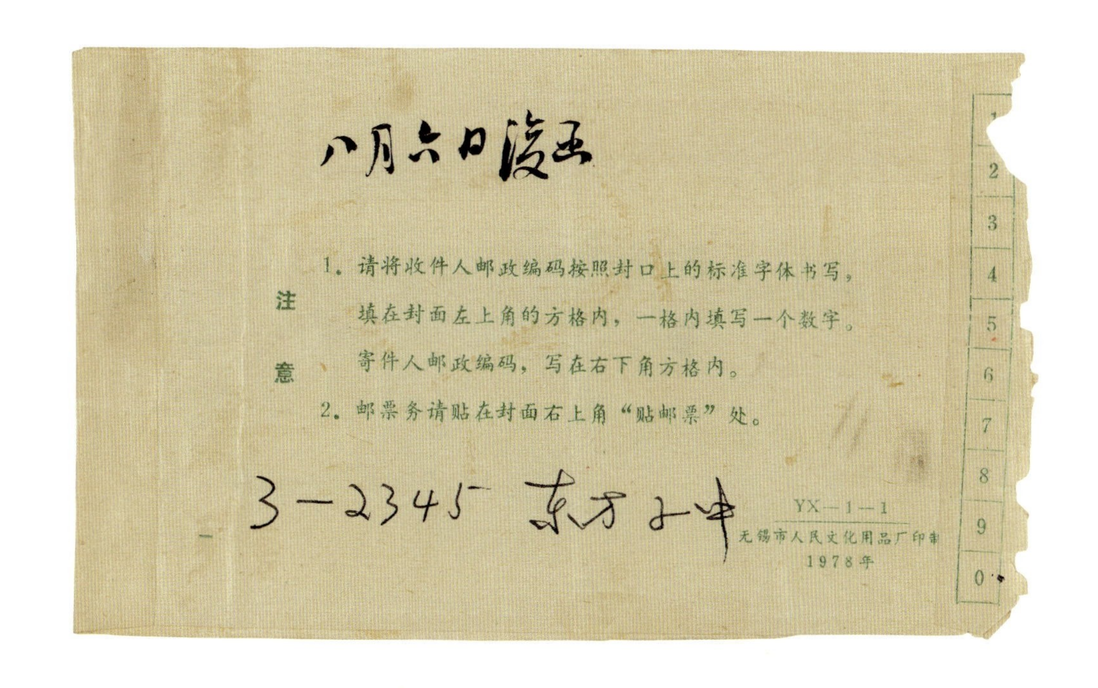

八月六日復函

注意
1. 请将收件人邮政编码按照封口上的标准字体书写，填在封面左上角的方格内，一格内填写一个数字。寄件人邮政编码，写在右下角方格内。
2. 邮票务请贴在封面右上角"贴邮票"处。

3-2345 东方

YX—1—1
无锡市人民文化用品厂印制
1978年

上海古籍出版社

進宜先生道席：久仰　高贤，未得识荆。昨蒙赐　教，至以为幸！日昨由上海人民出版社转来　大函，即向人民出版社查询　吾兄大著《信斋堂丛书》，云已转古籍出版社，即询古籍出版社，据云已退稿，未能拜读　吾兄伟著，至以为憾！

景郑先生自迁新居，至今未来沪，便中请代致候。贞白先生常见，顺笔致意。专此，敬颂

著安

弟陈奇猷　1979，6，13.

通讯处：上海瑞金二路272号

古籍出版社。

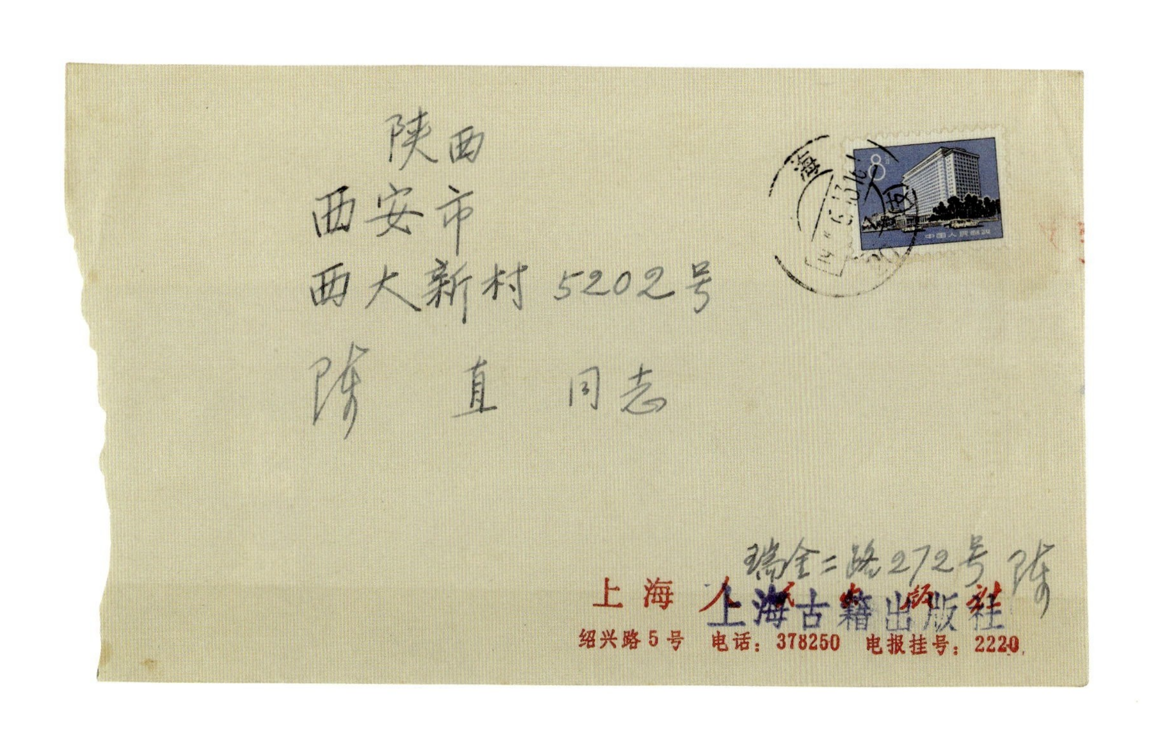
陕西
西安市
西大新村5202号
陈直同志
瑞金二路272号陈
上海人民出版社
上海古籍出版社
绍兴路5号 电话：378250 电报挂号：2220

79.6.15收到

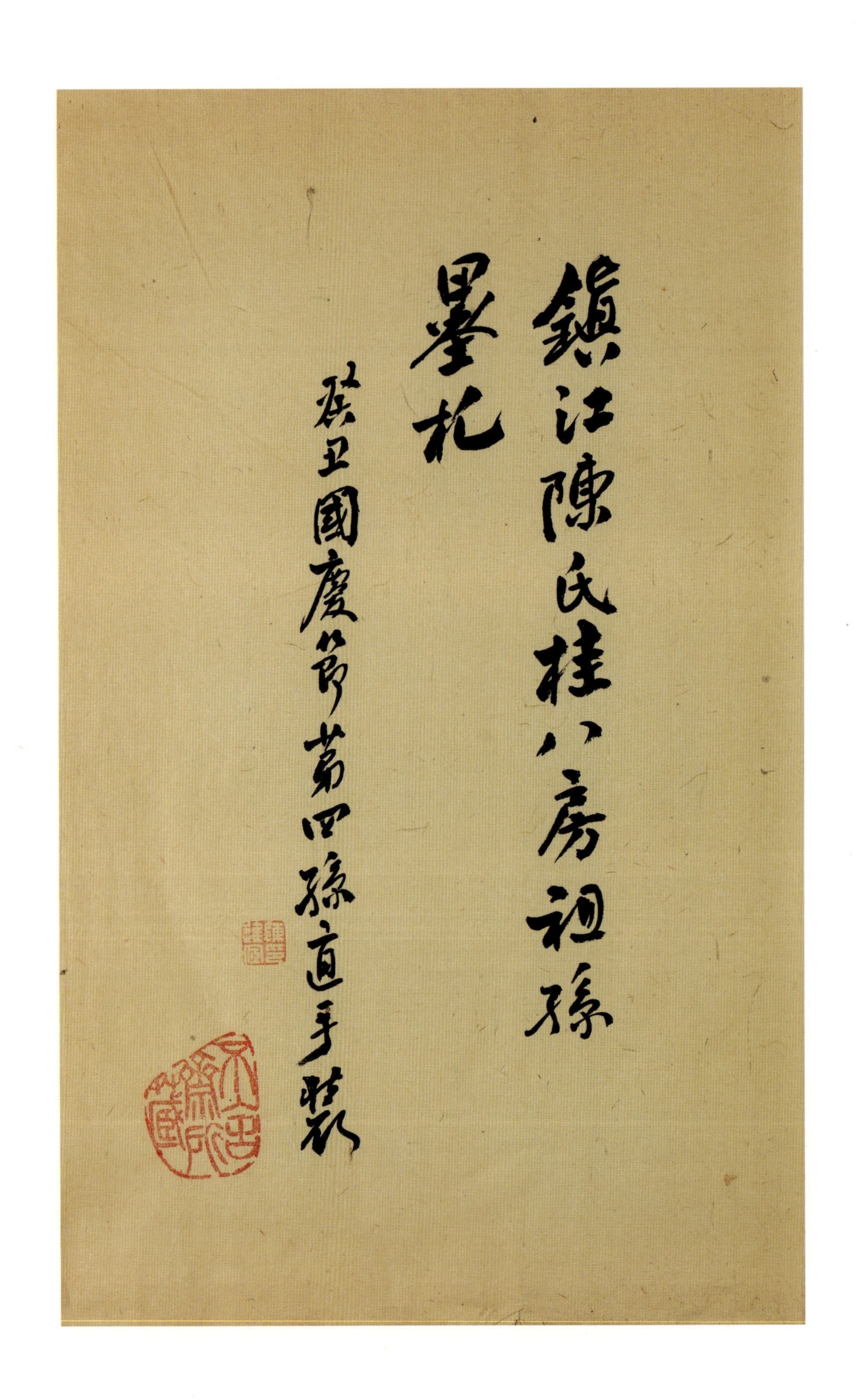
鎮江陳氏桂八房祖孫墨札

癸丑國慶節第四孫直手裝

此先祖秋巖府君寫寄先考輔卿府君之家信 约在光绪八九年時間

先考初名鴻壽後改名培壽此信寫於揚州戴氏館塾時余家寄居在蘇北東台縣 戴四老伯名肇辰字友梅時從廬州太守退休居揚 楊恭甫丈名蓓樞為先祖弟子曾隨龔仰蘧出使英法等國後官湖北知縣 椿伯為先祖之胞侄官浙江德清縣主簿先伯祖小泉公之長子也

鴻壽見字連發兩信想已次第收覽接哥哥鎮江來信知補廩費
共用洋錢五十元獎賞時宗師深為稱賞想算家運運順尔宜及
時奮勉為要弟哥哥之信張可呈之八娘觀看哥哥所用之洋係吳玉
仁代借我向戴四老伯（霞）將年節束修付洋式拾元哥哥將來要之
款先為開發其餘俟開館後再還現擬於揚州新庫巷大約月初
以開館哥哥須出月半前方能回東所有館事我已有信致楊恭甫
仍然托他代理節前家用橋從我信致嚴先生托他向楊恭甫說年節
束修大約於下送來權為應用如有不足可請八娘仍於小富設法一切
舊債節下暫言四他可也冬相帽及阿膠等候哥哥帶回此字
椿伯來信年節前將有錢寄來可告知尔母放心
四月廿日秋岩手書
去年揚鎮兩處開館所有送予等的人可查底帳將名姓開一清單乘便寄揚以便由信局寄來切勿遲悞

鴻壽再覽：昨於友人處見丹徒新生全單，及門戴生朱銘同同全單中只有徐瀛第是舊学生，東台徐炳之子岩明單子寄上，更查取哥哥臨場取一等第四名，古学未取，今年府学空缺不少，覆試如無更動，可望補廩。学憲十六起馬，哥哥仍在二十外回東，所有阿膠及衣箱帽盒等物等他過揚時隨身帶回可也。此字

母親及八娘前問 好

秋岩手書

十三日

祖父陈秋岩墨札之三

先祖父秋巖公寫給與先君之家信

培壽男啟：昨接來信，知前寄[illegible]……詩作八篇共[illegible]
別字甚多，抄寫時宜留心細看。前將已閱共寄回，熟玩
之，當有進益。鎮江府考已發大案，梅孫第三場取第
十名，經場取第六名；漢三經場第十七名，兩人取數都佳。
梅孫前十名卷子提堂，院考當可望進。本月廿四日學憲
取松江府，吾郡院試定在四月底五月初，如有取府確
信，自當早為告知。爾宜多讀多看，試帖詩亦須常做。
逢課必要有詩，且早起作文，飯後即要完卷，莫[illegible]場屋

功夫要訣先揉演四書大要讀[illegible][illegible]者斷讀書看培善
此皆臨考切實課程、切勿忽略為要、哉三文章、已
看出、因不知他偽安住處、只好寄至鎮江由階平轉寄、
他一聯未有信來、想府考不甚得意也、另寄莫伯四本、
可交與長生帶至書房、省得向人借鈔、六順病後、宜避
風、長生瘡患何如、都要忌食發物、外出案前十名單
一紙檢收、廣陵案出、哥哥所作兩卷請兄隨課安插
複考案未發、天氣漸暖、夾衣已出來否、念念、此字 父字封

此先君輔卿府君之墨跡先考給不有家書多至百封經兵燹中失落不得最為痛心不得已以此片紙代之

此葉係抄注三國吳志朱育對濮陽興問山陰柳姑条之史料

少年新婚為之詠

沈約

山陰柳家女莫言出田墅豐容好姿顏便僻巧言語腰
肢既軟弱衣服亦華楚紅輪映早寒畫扇迎初暑錦履
並花紋繡帶同心苣羅襦金薄廁雲鬢花釵舉我情已
鬱紆何用表崎嶇託意眉間黛申心口上朱莫爭三春
價坐喪千金軀盈尺青銅鏡徑寸合浦珠無因達往意
欲寄雙飛鳧裙開見玉趾衫薄映凝膚羞言趙飛燕笑
殺秦羅敷自顧雖悴薄冠蓋耀城隅高門列騶駕廣路
從驪駒何慚鹿盧劍詎減府中趨還家問鄉里詎堪持
作夫

此亦先考手錄史料之便條

鳳陽府志 隋木蘭魏氏，亳城東魏村人。隋恭帝時，北方可汗多事，朝廷募兵，木蘭以父老羸，弟妹俱幼，即市馬整甲，請於父代征，歷十二年，凱還。天子嘉其功，除為尚書，不受，懇奏省親。及釋戎服，同行駭之，遂以事聞於朝，追贈將軍，謚孝烈。鄉人歲以四月八日致祭，傳以為孝烈生辰云。

此段照楊氏時彷彿錄自某筆記，今忘其名矣。辛巳六月五日猶記

道光間俞鴻漸印雪軒隨筆云：直隸保定府完縣有木蘭祠，稱孝烈將軍。縣志云：將軍姓魏，亳州人，四月八日生。原土人是日必演劇祭之。

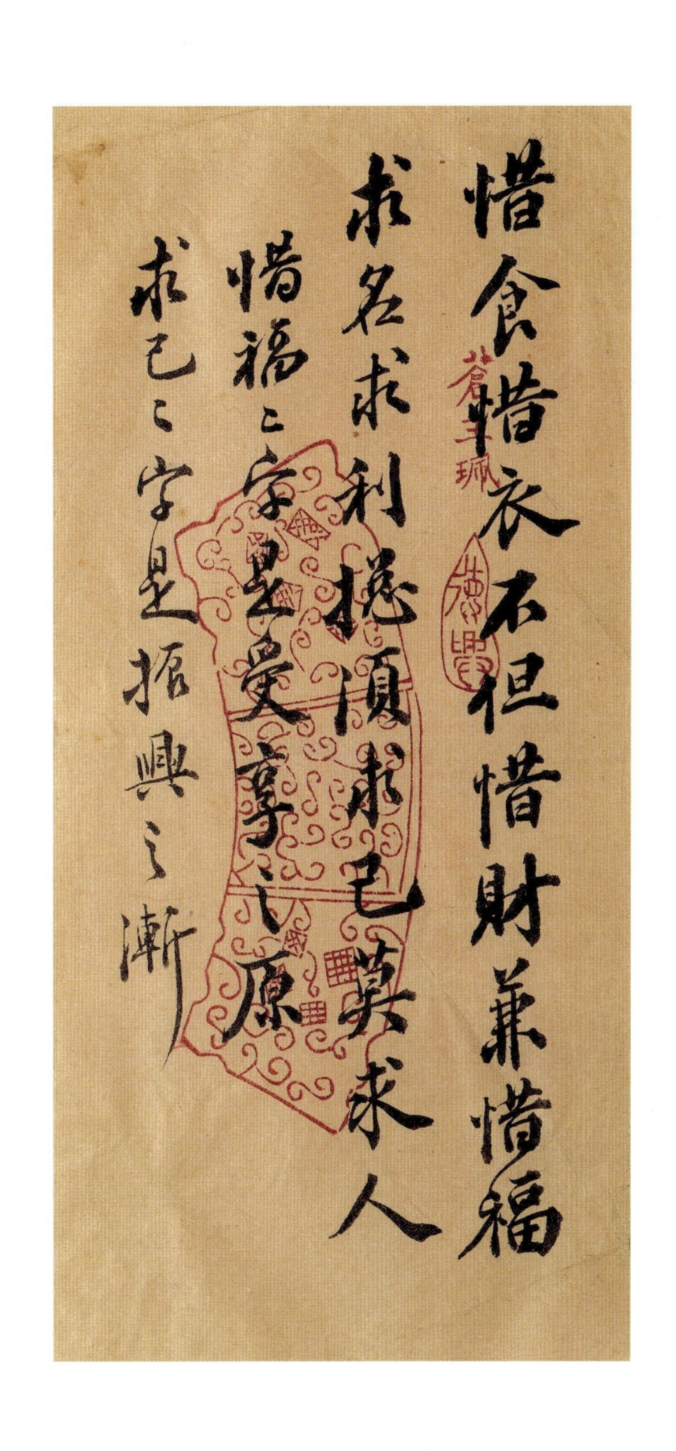
惜食惜衣不但惜財兼惜福
求名求利總須求己莫求人
惜福二字是受享之原
求己二字是振興之漸

祖考秋巖府君之詩箋

消寒小集同人拈題分詠分得尋詩 覔詩

坐對韶光感寂寥，枯腸如渴酒難消。眼前景物無心遇，空費神行以意招。鑿陰何悲思路絶，寄情常共碧天遥。可知驢背孤吟者，不為梅花過灞橋。

右尋詩

興來雋句為誰拈，彼及同人惠許霑。豈有貨財能

癸卯三月水明寫

報禮縱多酬答不傷廉文章肯結書迷癖筆墨翻貽負債嫌持贈無多君莫哂由來一字值三縑 右愧詩

滿江紅 登北固山凌雲亭

如此江山憑付與紅羊浩劫關何日天狼星墜毒流西粵惡魔狂煽齊復楚妖氛蔓擾吳兼越舊鄉關滿目重凄涼風流歇 金粉地狐狸穴歌舞榭

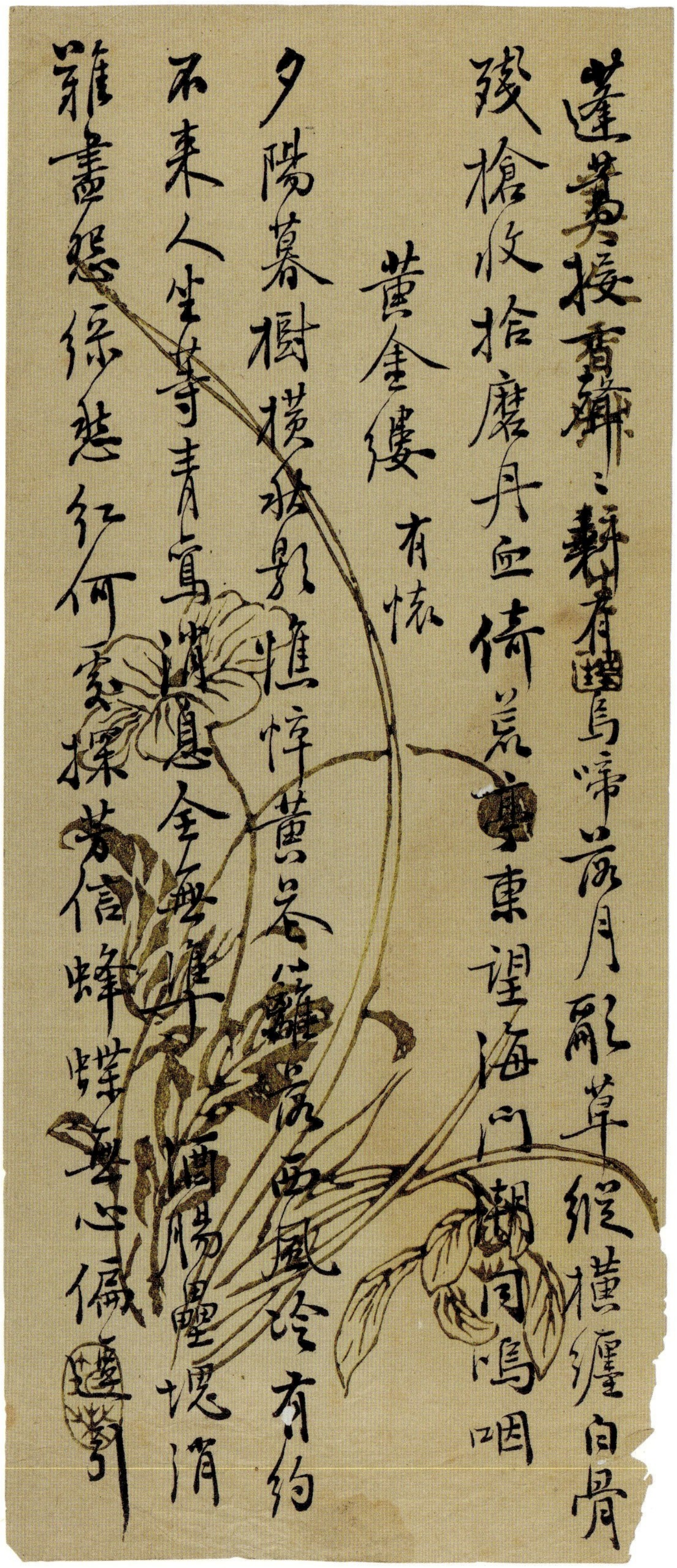

蓬蒿接青蘚蘚有鬼鳥啼夜月敗草縱橫纏白骨

殘槍收拾磨丹血倚荒臺東望海門潮同嗚咽

黃金縷 有懷

夕陽暮樹橫斜影憔悴黃花籬落西風冷有約

不來人坐等青鳥消息全無準酒腸壘塊消

難盡愁絲愁紅何處採芳信蜂蝶無心偏[illegible]引

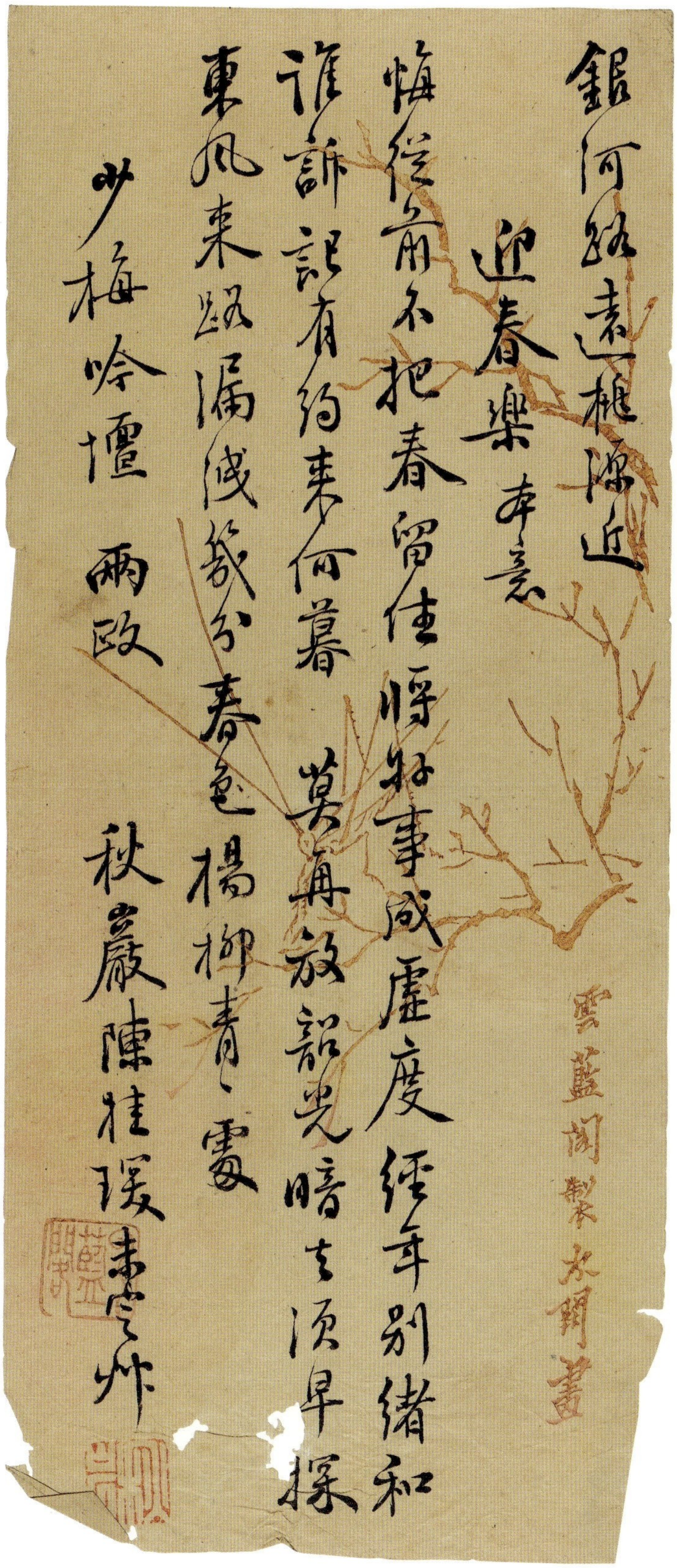

銀河縱遠桃源近

迎春樂 本意

悔從前不把春留住辜負好事成虛度經年別緒和誰訴記有約來何暮 莫再放韶光暗去須早探東風來路漏洩幾分春色 楊柳青青處

少梅吟壇 兩政

秋巖陳桂瑗 未定艸

雲藍閣製 禾爾畫

祖寿见字。昔日接来信。知茶叶已收到。十九所发之信。并戴培善来信三圆。未知收到否。端午节近。家中各项开发。只好稍为点缀。我与大哥的束脩。今已而东家付来。由局寄上洋钱拾四圆。照查收。可禀知母亲。棣要添的开发。其余可回他节后再算。好在大哥二哥。俱在金坛应考。各店要账都可原情。我想浩宗来店。可把六圆。纪大、把贰圆。袁先生贰圆。张阿店圭圆。张大太卜先还圭圆。计共开发拾贰圆。留贰圆家中零用。玉林、震泰恒、穗福丰、彭春和、金鼎升、殷福兴、王震记各店。都回他節後再算。此數字非柴米可比，端午又非年節可比，似不難於回他。設或要賬者竟說閒話，可請張大太爺從中解說。務閣切世親，不必與他著氣。丹徒小友初一正場，揚州府考節前定可有信。能於漢三福孫俱得案，則於下半年家用便有著落。前月及本月書院均係隨課，我投考取出一卷，首得買人的名字，亦是佳事。嫂子已接回來否？實知母親定於節前接他回來。前寄上張公之托買茶葉末一斤，每兩十四文，計錢二百廿四文。又茶葉四兩，每兩廿四文，計錢九十六文，兩共三百廿文。

少順的鞋子已定做，大約節後寄回。

此字可閱與他一看。我身體尚好。

父字

四月廿日

八九

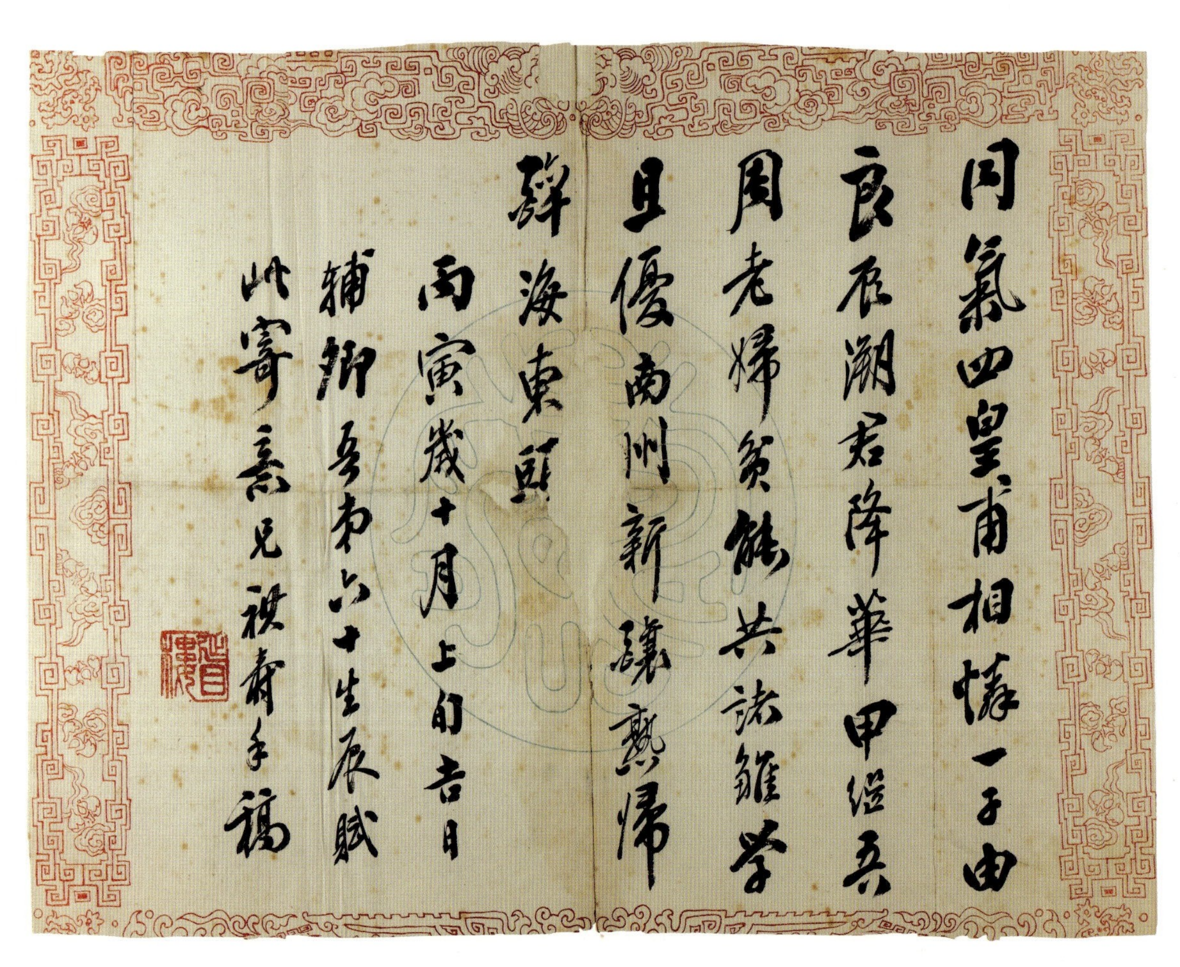

同氣四皇甫相憐一子由
良辰湖君降華甲經兵
周老歸貧能共諸雛學
且優南州新殞熟歸
辭海東頭
丙寅歲十月上旬吉日
輔卿弟六十生辰賦
此寄 兄禊齋手稿

伯父星南府君寿先君六十生辰诗牋

長兄墨迹倦庵蘇州之書函

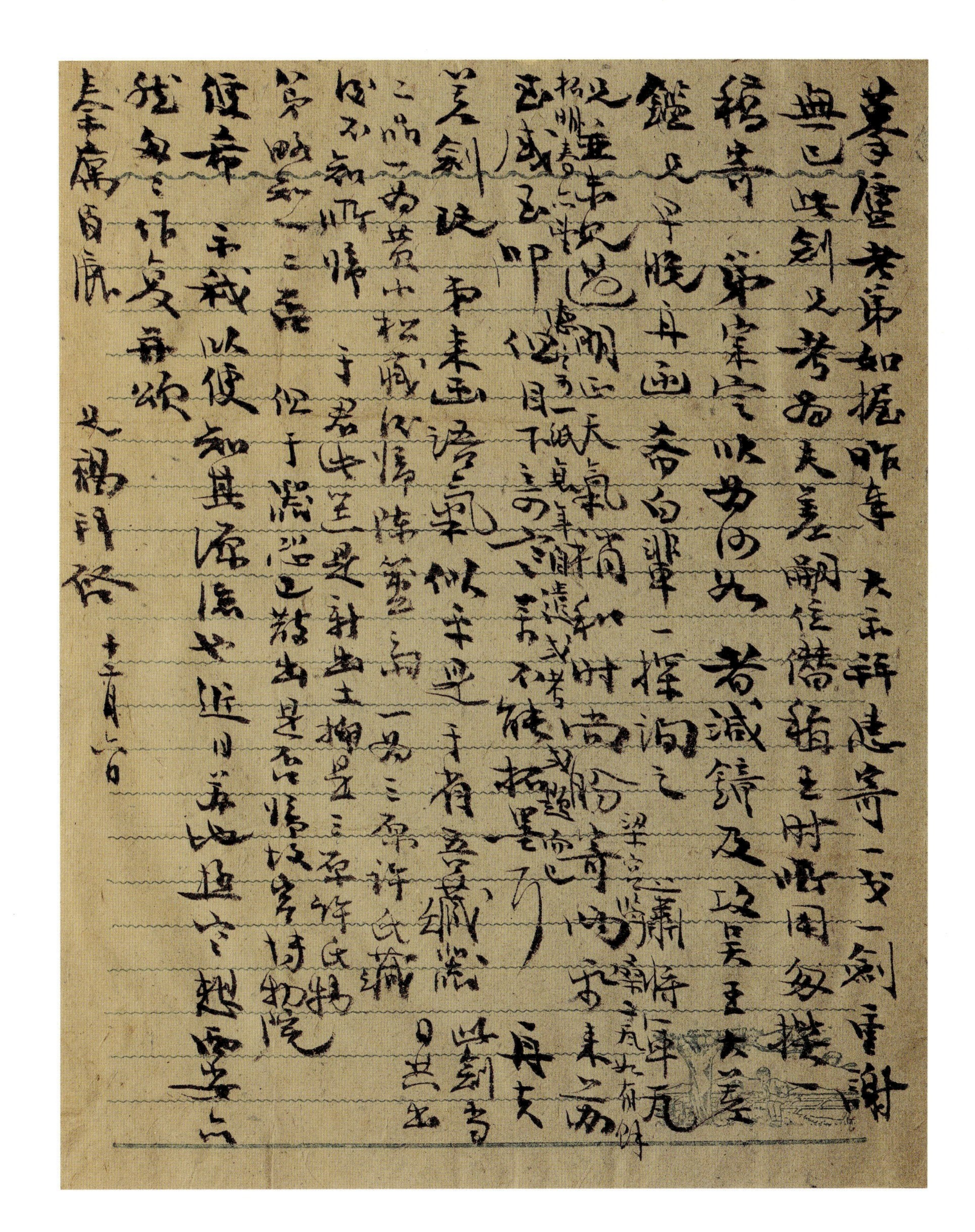

一、攻敔王夫差劍

攻敔王夫差劍，文曰「攻敔王夫𢦏自乍其元用」，今據四弟進宜直自西安寄来拓本，細審劍文第一行「攻敔王」三字下確為「夫𢦏」二字，考𢦏从戈从右，有水艸在流，𢦏左或右不能相值之義，詩葛覃篇云「参差荇菜，左右流之」，是其明證。又說文左部云「𢦏，貳也，差不相值也，从左从𠂹」，籀文「从𠂹从二」（福案从二象合口，即日字之省）作「𢦏」，據殷甲骨文右字作「㞢」（前編卷一二十葉），則說文籀文「从二」之𢦏，實為从右，與此劍从右之𢦏，義亦正合。惟攻吴王夫差鑑差字作𢦏，从𠂹从后，作「𢦏」，后即後之假借，周禮士師云「以五戒先後刑罰」，注「先後猶左右也」，足證鑑文从后，與劍文从右，義亦無殊。劍文第二行云「自乍其元用」，「元用」二字，與晚出邗王是埜戈「乍為元用」語例正同。據逸周書謚法解云「始建國都曰元」，足證此劍「元用」當為夫差在國都最初嗣位備稱王時所用矣。

進宜四弟足下日前奉
手書詳審弟新出漢刻石拓本灝灝信中之述吾弟三个月
前先患氣喘後患氣管炎目下天氣漸暖想已日趨健康
甚念甚念　昨吉傳華偶齋適龍伯謹轉來吉甫丈楚雅
甄徵　傳華近年所錄約三四十帙　內容常自專引用山海經及逸
內僅天問一篇
周書為旁證　已僅採取三五條而已　吾弟楚辭拾遺石印本此
間傳布似無此書將來華老弟暇時檢到再函我一閱勿急也
屈書用屈文集聯稍擬再三冊目前有書法印章展覽會及
市書法印章展覽會一星期左右要交出也　三五天內
邦福草　見尚

已魯迅造象拓本 蘇州工藝美術廠朱山匠主任出

西來請我題字 係大幅拓本 及其他小照一

月份點點寄 已多散失 但硯館拓本 再寄與極群與璧孫群看二奴

二奴後即頌

頤康 之郁福啟 癸丑五月十三日收羅邁寄于蘇州東北街拙政園 西之蕭王弄

再者 弟病後須善為調養 紙烟千萬不能吃 吃了用氣了不順 烟

枝已戒三年了矣 足最近肚皮略有些漲 其他遂了些上重下輕 所幸血壓不高 但

口味淡 香丸藥有時吃有時不吃

食母生每食後都服以助消化 老星又及

進弟如晤：

來信及包裹先後收到，信中暢談一切，讀之〃私常快慰。嗣樸庵叢書已經寫定，計正副本三種共一百卅七冊。兄此巨著不但為我陳家所罕見，即在各大學教授中亦未見有著書一百八十萬言者也。可羨〃〃，可賀〃〃。讀居延漢簡後指出前目為我審閱，為刪以鄭補書二條，自當如稱。此外如元帝詔書、梁國之府等條

年　月　日

五一制

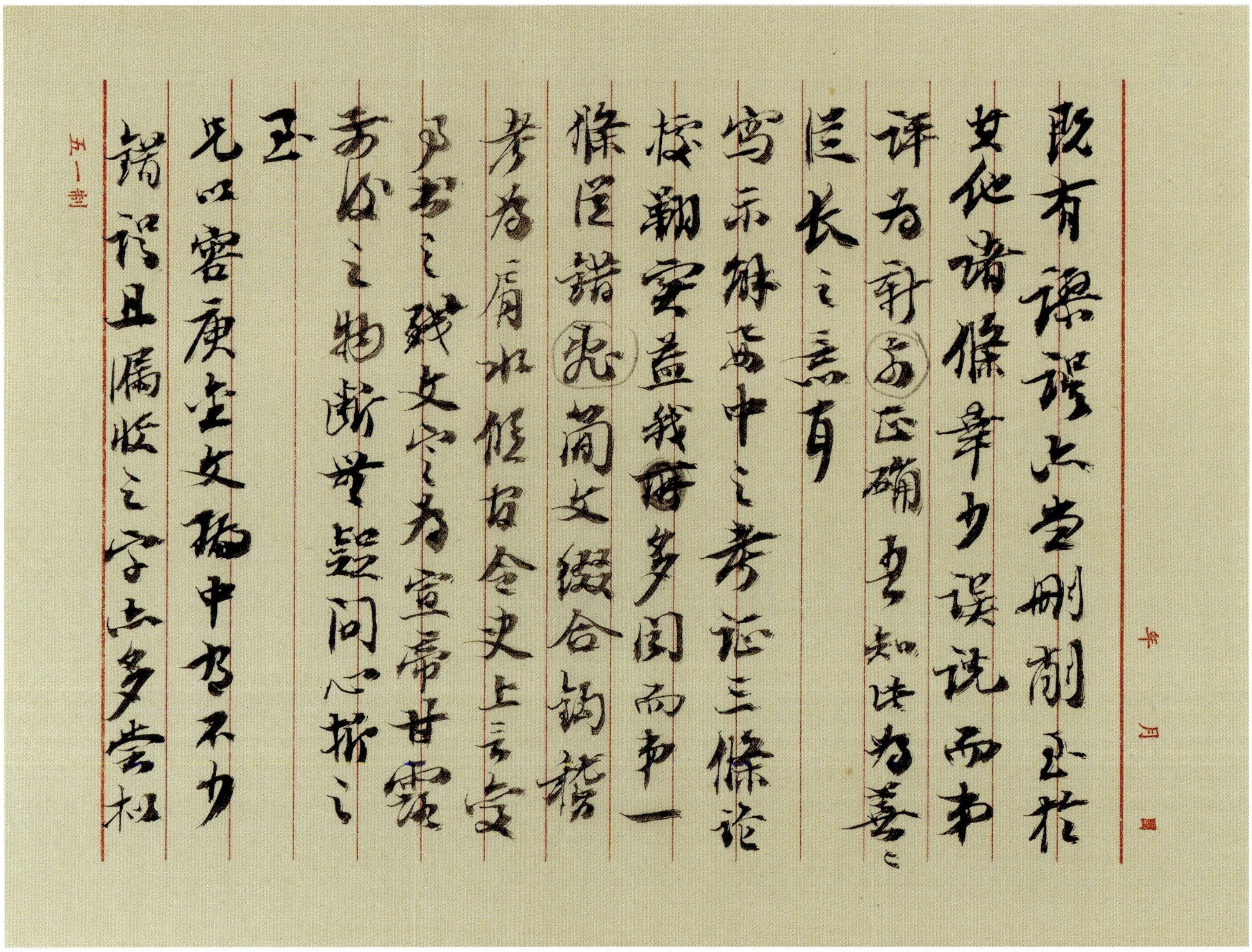

既有譌误亦当删削至于
其他诸条章句误说而未
评为（所）正确者知其为善善
从长之意耳
写示拼凑中之考证三条论
校勘实益我（辈）多因而未一
条从错（见）简文缀合钩稽
考为肩水候官令史上言安
乃书之残文定之为宣帝甘露
前后之物断无疑问心折之
至
先以容庚定文稿中书不少
错讹且属收之字亦多尝松

年　月　日

连同容氏成书以后出土之金文写为金文编补正一书惟因年老目已昏花写颇为困难至今写文几章写数百字才及十之一二何日时观成不能自信其他如释如金文札丛两周金文韵例金文拾补考释（金文拾补系补罗于二书所未及）说文解字古文校释段氏说文解字注札记读诗小记尔雅名物考融滨镜铭新说以上八种均已手抄清稿另有杂文约百篇左右（多属考证文字）

五一制

年　月　日

尚未抄成清稿，弟寄我初稿
拟以自订为佳，如此微意
心领万分，特谢谢云之
远寄高级菸多支，谢谢谢无
自去年腊月经医生
劝戒，已戒除三月半，拟
将此好菸分与作民等
家属、刘坚以及文儿孟告
以来历，藉以广嘉惠也。
最近即往看作民，当代达
慰问病状。
弟患胃痛，虽是老年人之
常见病，我现正常。韩卞

五一制

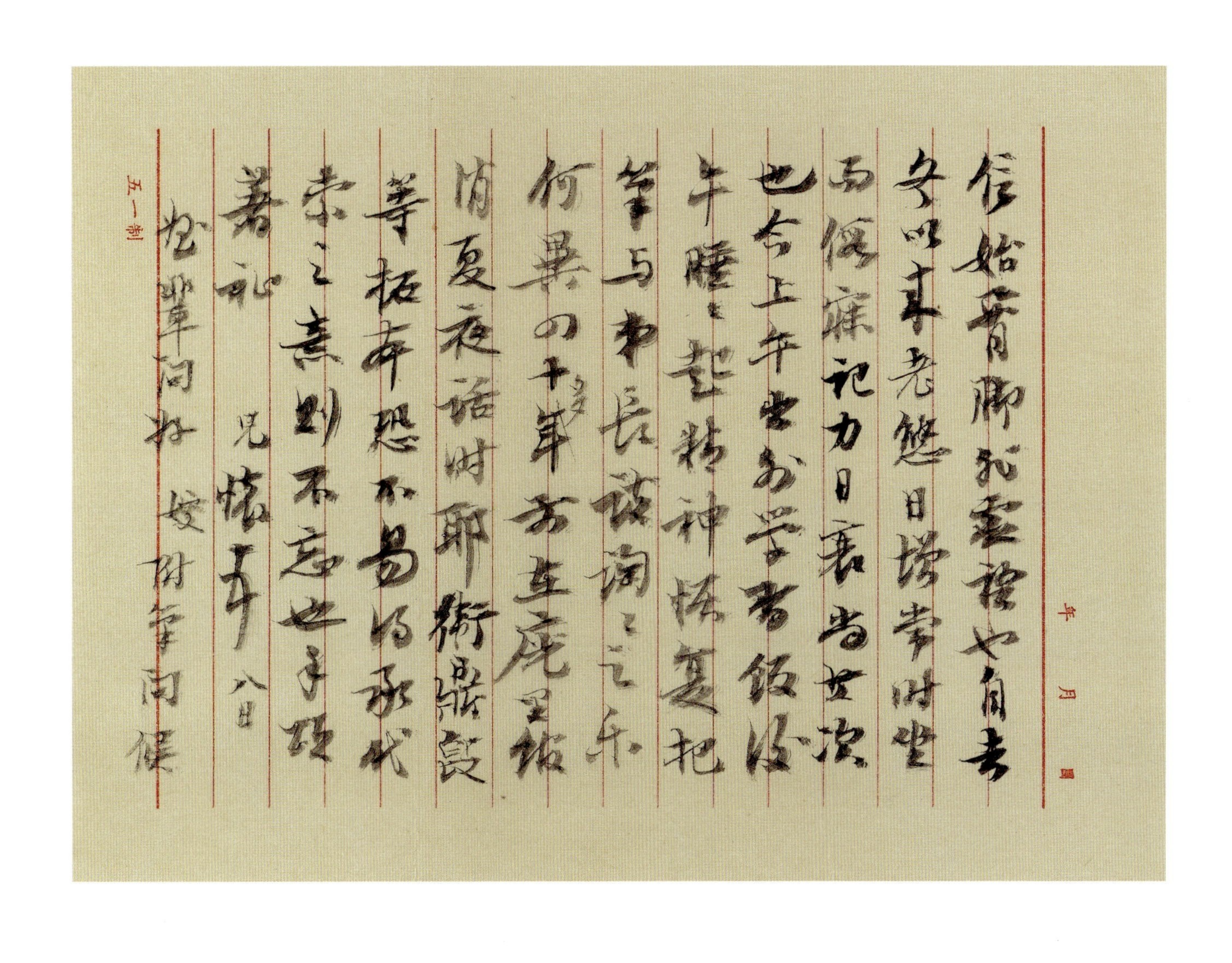

年　月　日

信始晉卿我靈棲也自去
冬以來老態日增常時些
兩腿麻記力日衰尚無須
也今上午出外學書飯後
午睡睡起精神稍復把
筆與弟長談詢詢乎乎不
何異四十多年前在虎丘館
消夏夜話時耶衛繼良
等拓本恐不易得以承代
索之意則不忘也手頌
著祉　兄　懷五　八日
姪輩同好安　附筆問候

五一制

陈邦福石砚拓

泛兄保之
六四年
在天津火
車站晤面
時贈寫之
詩箋

進宦四年講学長春兩月返西安时車過
天津時於站次懽意遇恒贈以保夏
门瓦當拓本及碧羅春茶并申明
年再見之約

安穩長車轎若龍入関樸面足薰
風東兄相見喜无極畢刻傾談意
未窮贈以碧羅盈一掬伴將翠
墨慰雙瞳 夏门瓦當為陶齋舊藏予寫秦漢瓦當概述时僅收津门瓦當拓津门夏门並為東漢雒陽城十二门之名見續漢書百官志城门校尉條下
今朝更定來年約我老初衰志尚雄

進東吟定 一九六四年七月五日邦懷手寫

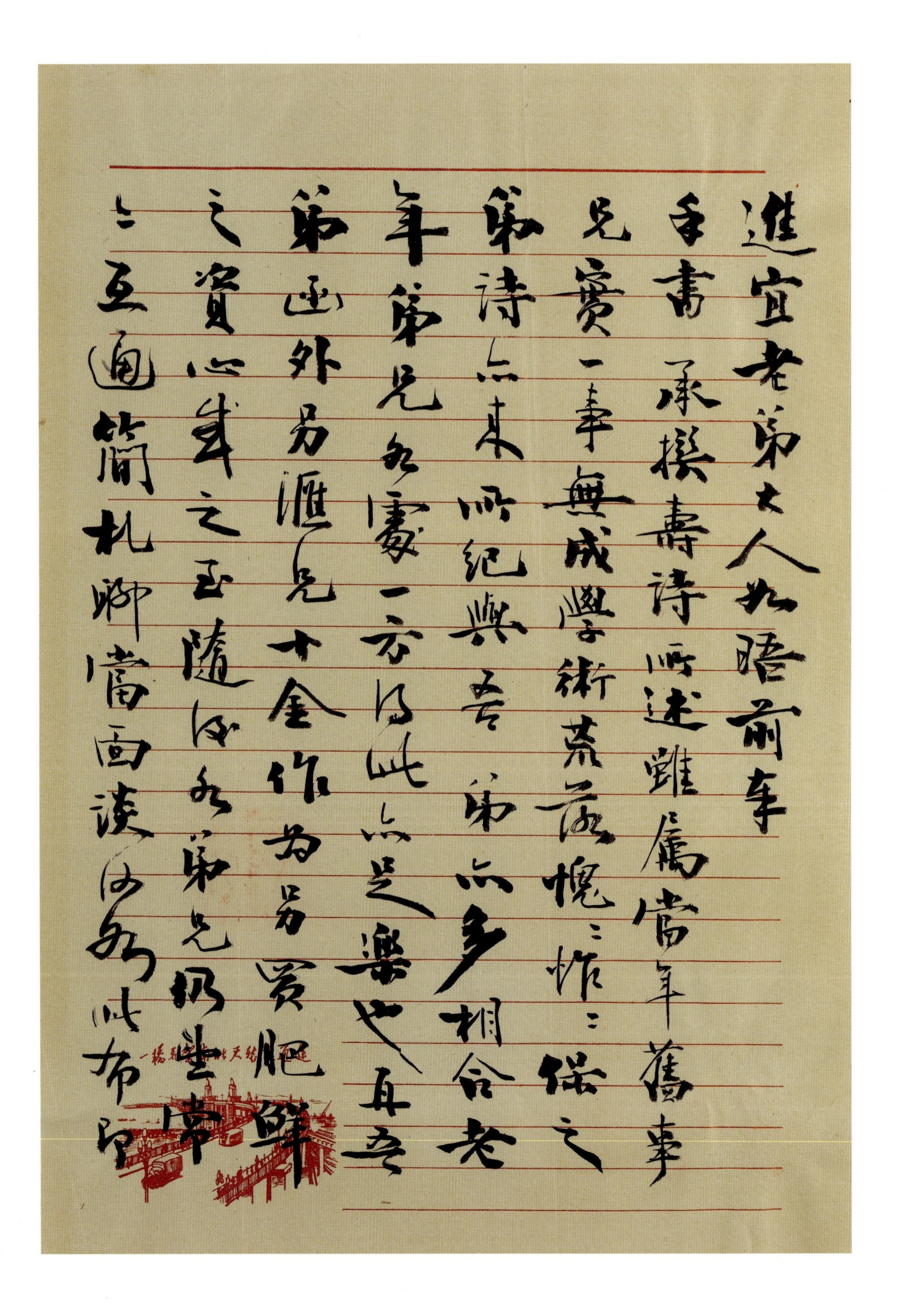
進宜老弟大人如晤前奉
手書承撰壽詩所述雖屬當年舊事
兄實一事無成學術荒落愧愧怍怍保之
弟詩亦未所紀與吾弟亦多相合老
年弟兄無處一不同此亦足樂也再
弟函外另滙兄十金作為另買肥鮮
之資心胸之至隨後弟兄將坐常
互通簡札聊當面談何如此布即

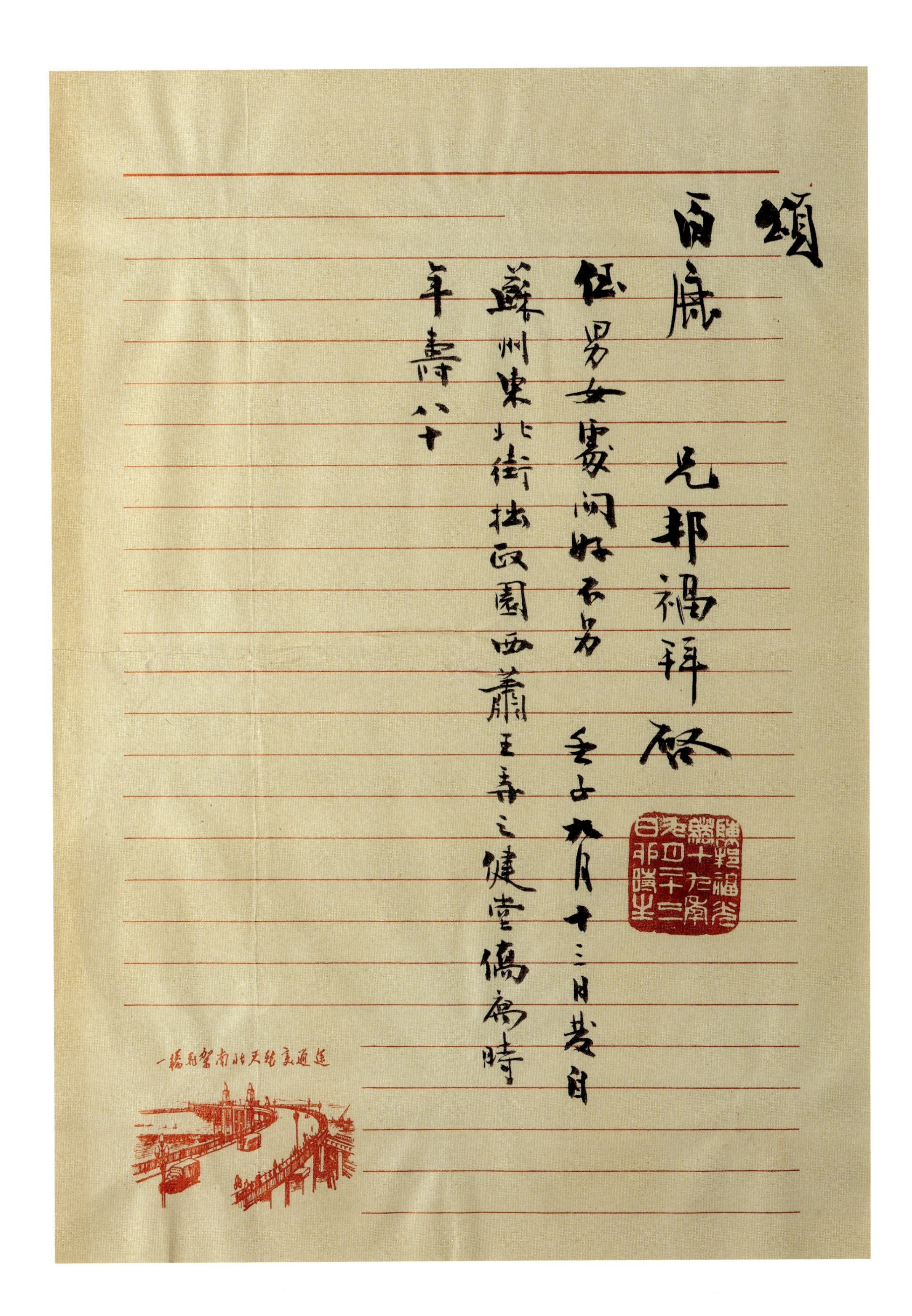

頌
百歲　先邦福拜啓
侄男女處問好不另　壬子九月十三日發自
蘇州東北街拙政園西蕭王壽之健雲僑寓時
年壽八十

进宜之弟先知：

赐去腊年到红枣，谢谢。颁册兄因天气奇寒，忽患喘咳（南方四五年来未有此次冷气，喘之症亦尚未全愈），以致各处写件信件皆未能奉覆。兄月内外拟将金文杂说检出，选写十条八条来商。问兄如先覆，即叩

旅绥

兄邦福拜启 二月四号即农历正月十二日

侄男女问好。保弟多时未来信，还在津否？又及

一九七四年元夕之来函，家兄时年八十二岁，精力健康，殊可喜也。

進宧四弟如握

廿日寄上一信及讀子方札

一包當已收到。

糖霜本安與子方函同附

寄出因代辦人於今日

前途來特用也裹寄

上玉希查收。

西安經常發現銅器

共有拓本子方諸要

未代我開之錄的呈

本勝他物多矣。問

合家安好 兄懷者 三月廿日

此外等候下

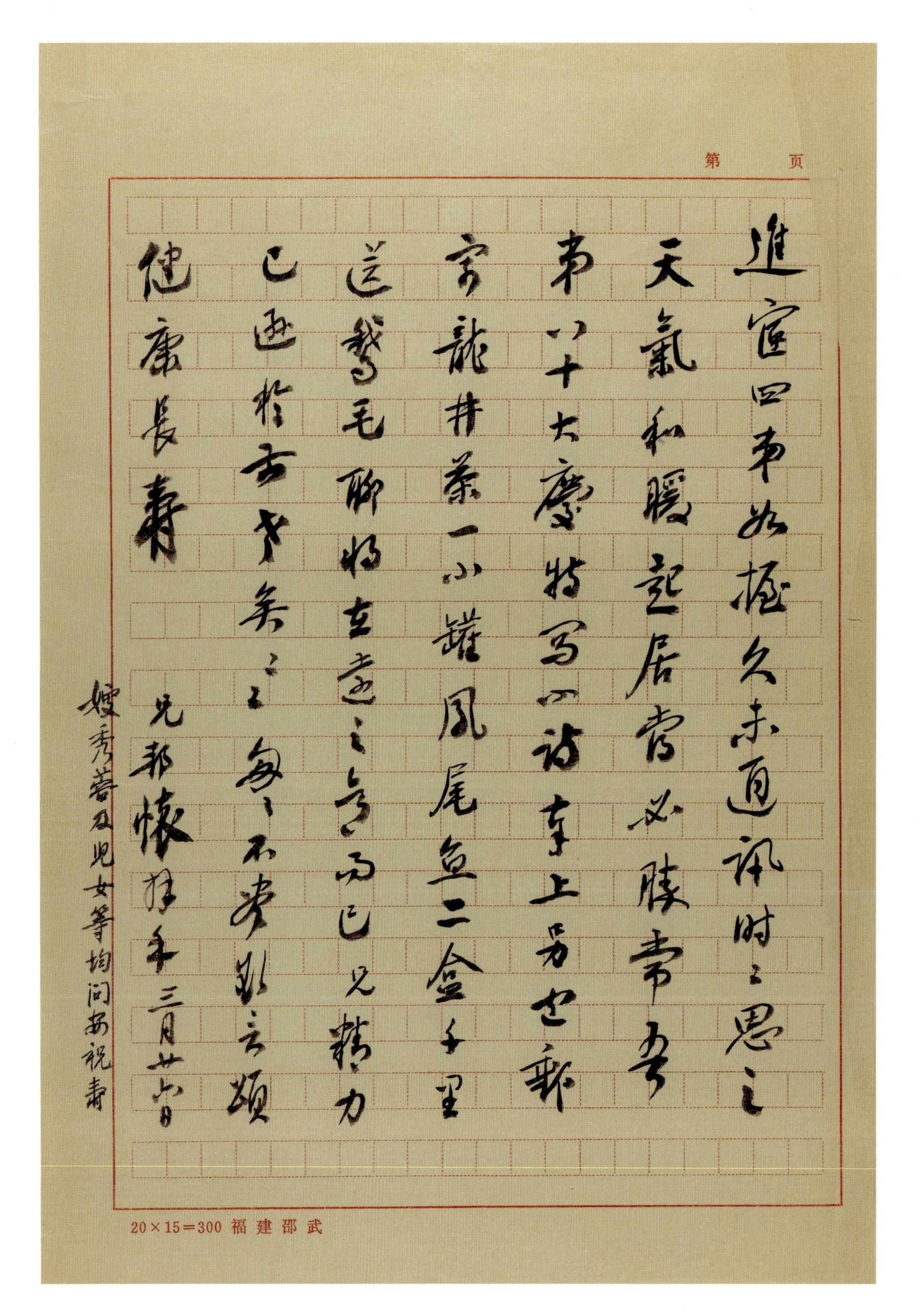

第　页

進宜回車如握久未通訊時時思之
天氣和暖起居當必勝常吾
弟八十大慶特寫小詩奉上另寄新
[illegible]龍井茶一小罐鳳尾魚二盒千里
送鵝毛聊將左遠之意而已兄精力
已遜於去年矣，諸多不贅，即頌
健康長壽

兄邦懷拜手　三月廿六日

嫂秀蓉及兒女等均問安祝壽

20×15=300 福建邵武

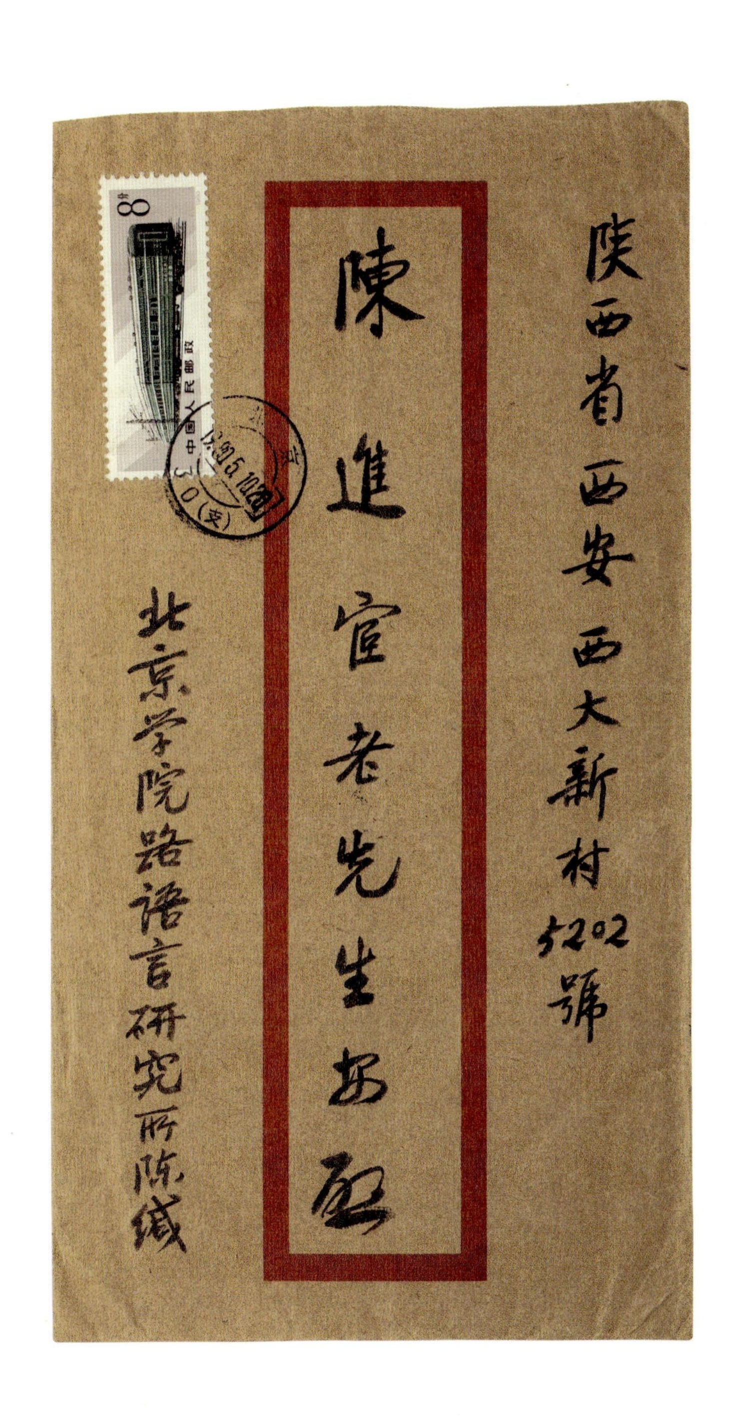
陕西省西安西大新村5202號
陳進宧老先生安啟
北京学院路语言研究所陈缄
中国人民邮政
8分